ÖTÜKEN

Peyami Safa

Dokuzuncu
Hariciye Koğuşu

ÖTÜKEN

ÖTÜKEN

YAYIN NU: 20
EDEBÎ ESERLER: 8

T.C. KÜLTÜR ve TURİZM BAKANLIĞI
SERTİFİKA NUMARASI: 16267

ISBN: 978-975-437-048-5

www.otuken.com.tr | otuken@otuken.com.tr

1. Basım: 1937, Suhûlet Kitabevi
9. Basım: 1968, Ötüken
97. BASIM

ÖTÜKEN NEŞRİYAT A.Ş.®
İstiklâl Cad. Ankara Han 65/3 • 34433 Beyoğlu-İstanbul
Tel: (0212) 251 03 50 • (0212) 293 88 71 - Faks: (0212) 251 00 12

Kapak Tasarımı: Zafer Yılmaz

Dizgi-Tertip: Ötüken

Kapak Baskısı: Pelikan Basım

Baskı: İmak Ofset Basım Yayın San. ve Tic. Ltd. Şti.
Sertifika Numarası: 45523 Tel: (0212) 444 62 18

İstanbul- 2020

PEYAMİ SAFA; (1899 - 15 Haziran 1961): İstanbul'da doğdu. Meşhur şair İsmail Safa'nın oğludur. Düzenli bir öğrenim göremedi. Kendi kendisini yetiştirdi. 13 yaşında hayata atıldı. Posta Telgraf Nezareti'nde çalıştı. Öğretmenlik (1914-1918), gazetecilik (1918-1961) yaptı. Hayatını yazıları ile kazandı. İstanbul'da öldü.

Kardeşi İlhami ile *Yirminci Asır* adlı bir akşam gazetesi çıkardı. Bu gazetede ilk hikâyelerini imzasız yayınladı (1919), *Kültür Haftası* (21 sayı, 15 Ocak - 3 Haziran 1936) ve *Türk Düşüncesi* (63 sayı, 1953 - 1960) adlarında iki de dergi çıkardı. Öldüğü zaman *Son Havadis* gazetesi başyazarı idi.

Peyami Safa halk için yazdığı edebî değeri olmayan romanlarını "Server Bedi" imzası ile yayınladı. Sayıları 80'i bulan bu eserler arasında *Cumbadan Rumbaya* (1936) romanıyla, *Cingöz Recai* polis hikâyeleri dizisi en ünlüleridir. Ayrıca ders kitapları da yazdı. Peyami Safa'nın fıkra ve makalelerinde sağlam bir mantık dokusu ve inandırıcılık görülür. Romanlarında olaydan çok tahlile önem verdi. Toplumumuzdaki ahlâk çöküntüsünü, medeniyetin yarattığı bocalamayı, nesiller ve sosyal çevreler arasındaki çatışmayı dile getirdi. Zıt kavramları, duygu ve düşünce tezadını ustaca işledi.

Romanları: *Şimşek* (1923), *Sözde Kızlar* (1923), *Mahşer* (1924), *Bir Akşamdı* (1924), *Süngülerin Gölgesinde* (1924), *Bir Genç Kız Kalbinin Cürmü* (1925), *Cânân* (1925), *Dokuzuncu Hariciye Koğuşu* (1930), *Fatih-Harbiye* (1931), *Attilâ* (1931), *Bir Tereddüdün Romanı* (1933), *Matmazel Noraliya'nın Koltuğu* (1949), *Yalnızız* (1951), *Biz İnsanlar* (1959). Hikâyeleri: *Hikâyeler* (Halil Açıkgöz derledi, 1980). Oyunu: *Gün Doğuyor* (1932). İnceleme-denemeleri: *Türk İnkılâbına Bakışlar* (1938), *Büyük Avrupa Anketi* (1938), *Felsefî Buhran* (1939), *Millet ve İnsan* (1943), *Mahutlar* (1959), *Mistisizm* (1961), *Nasyonalizm* (1961), *Sosyalizm* (1961), *Doğu-Batı Sentezi* (1963), *Sanat-Edebiyat-Tenkid* (1970), *Osmanlıca-Türkçe-Uydurmaca* (1970), *Sosyalizm-Marksizim-Komünizm* (1971), *Din-İnkılâp-İrtica* (1971), *Kadın-Aşk-Aile* (1973), *Yazarlar-Sanatçılar-Meşhurlar* (1976), *Eğitim-Gençlik-Üniversite* (1976), *20. Asır-Avrupa ve Biz* (1976). Ders Kitapları: *Cumhuriyet Mekteplerine Millet Alfabesi* (1929), *Cumhuriyet Mekteplerine Alfabe* (1929), *Cumhuriyet Mekteplerine Kıraat* (I-IV, 1929), *Yeni Talebe Mektupları* (1930), *Büyük Mektup Nümuneleri* (1932), *Türk Grameri* (1941), *Dil Bilgisi* (1942), *Fransız Grameri* (1942), *Türkçe İzahlı Fransız Grameri* (1948).

ÇOCUKLAR HASTAHANESİ

Beklemesini onlar kadar bilen yoktur.

ÖĞLEYE doğru muayene odasının önü doldu. Sıralarda oturacak yer kalmadığı için yeni gelenler ayakta durdular ve anneler, hasta çocuklarını dizlerine oturtabilmek için duvar diplerine çömeldiler.

Karanlık dehliz. Kapalı kapıların mustatil[1] buzlu camlarından gelen soğuk ışıkların buğusu, yüksek ve çıplak duvarlara vurarak donuyor.

Saatlerce bekleyenler var. Fakat buna alışmışlar. Az kımıldanıyorlar, hiç konuşmuyorlar.

Dehlizin sonlarında, görünmeden açılıp kapanan bir kapının gıcırtısı. Muşambalara sürtünen bir ayak sesi. Köpüklenerek uçan ve uzaklarda kaybolan bir beyaz gömlek ve iyot, eter, yağ, ifrazat[2] ve saire kokularından mürekkep,[3] terkibi[4] tamamıyla anlaşılmayan bir hastahane kokusu.

Hasta çocuklar, yanlarında ailelerinden birer büyük insan ki hastalarından daha endişeli görünüyorlar ve bir anne, pelerinini iliklemek bahanesiyle omuzu sarılı çocuğunun sırtını okşuyor. Onu biraz sonra çekeceği acıya hazırlamak için.

---

[1] **mustatil:** Dikdörtgen.

[2] **ifrazat:** Vücuttan çıkan, kan, irin, ter gibi salgılar.

[3] **mürekkep:** Birleşik, ...den oluşan.

[4] **terkib:** Çeşitli unsurları bir araya getirerek bir bütün oluşturma.

Sıralarda hiç düz oturan yok. Hastalar sarılı bir kol veya bacağın bozduğu muvazene[1] ile hep, amutları[2] kırılmış, yamrı yumru duruyorlar ve büyükler küçüklere doğru eğilmişlerdir.

Başının her tarafı sargılarla kaplı, yalnız bir yanağı ve bir gözü dışarda kalmış küçük bir kız çocuğu, ağzını oynatamadığı için, babasına elleriyle işaretler yapıyor; ötekilerin hepsi, alçının kaskatı uzattığı bir bacakla, sargıların dimdik tuttuğu bir boyunla, asılmış bir kolla, her tarafları kıskıvrak bağlanmış gibi hareketsizdirler.

Yeni gelenlere karşı alâkaları gayet kısa sürer. Düşük başlar hafif kalkar, büyük kapıya doğru hafifçe eğilir ve tekrar eski vaziyetine döner; herkes kendi üstünde toplanan dikkatini başkasına pek az ayırır, hem de onlar ilk gördüklerini bile eskiden tanıyorlarmış gibidirler, aralarında kandan fazla akrabalık vardır; acının ve korkunun birleştirdiği müşterek bir manevî aileye mensup olduklarını hissederler, emindirler ki insanlar arasında sabretmesini, beklemesini onlar kadar bilen yoktur.

Küçükler çok benzeşirler: Korku ile acının derinleştirdiği anlayışlı gözler, yaşlarına nisbetle ağır tecrübelerin kırıştırdığı ve soldurduğu mânâlı yüzler, tahammülün düşürdüğü başlar ve ümit...

Muayene odasının kapısına ümitle bakarlar.

Ve muayene odasının kapısı açılır.

Beyaz gömlekli, güçlü kuvvetli adam bir tanesini işaret eder ve yüksek sesle çağırır.

Beklemek azabının bitmesiyle odaya girmek korkusunun başlaması arasında şaşıran hasta çocuk, babasının koluna dayanarak içeriye girerken, dışarıya ısınmış bir ilâç ve bozuk bir kan kokusu çıkar, bekleyenlerin hisli genizlerini

---

1 **muvazene:** Denge.

2 **amut:** Dik durumda.

hafifçe ürpertir ve renksiz bir badana gibi, görünmeden, uzun koridorun yüksek, çıplak duvarlarına sıvanır.

Yalnız Çocuğun Azabı

Ağaçların bile sıhhatine imrenerek yürürdüm.

Ben de onların arasındaydım ve onların arasında büyüğüm de yoktu. Yalnız bende meçhul[1] bir hastalık vardı, sekiz yaşımdan beri çekiyordum.

Ben de o muayene odasının ve nice muayene odalarının önünde senelerce bekledim. Benim yanımda büyüğüm de yoktu. Yalnız başıma demir parmaklıklı kapıdan içeriye girerdim, dokuzuncu hariciye koğuşuna doğru ağaçların bile sıhhatine imrenerek yürürdüm, camlı kapıların garip bir beyazlıkla gözlerime vuran ve içimde korku ile karışarak yuvarlanan parıltıları arasında o dehlize girerdim ve yalnız başıma bir köşeye ilişirdim, kımıldamazdım, susardım, beklerdim, korkudan büzülürdüm, rengimin uçtuğunu hissederdim.

İçinde Birşeyler Geçen Oda

O insan ki yüzünde bıkkınlıkla sebat mücadele eder.

Beyaz gömlekli, güçlü kuvvetli adam parmağıyla beni de işaret etti, yüksek sesle çağırdı.

Karanlık dehlizden beyazlıklarla dolu ve aydınlık muayene odasına girdim. Beyazlıklar ve madenî parıltılar. Yedi

---

[1] **meçhul:** Bilinmeyen.

senedir bu işin teferruatını iyi öğrenmiş olduğum için vakit kaybettirmemeye mecbur, oturdum, soyundum ve sol dizimi çözmeye hazırlanan hastabakıcı kıza uzattım. -Dikkatim her vakitki gibi ikiye ayrıldı: Bir taraftan, dizimdeki sargının açılmasına, öte taraftan ellerini yıkayan operatöre bakıyordum. Yüzünde bıkkınlıkla sebatın kavgası var.

Hepsi konuşmadan, sür'atle işlerini yapıyor: Asistanlar deftere birşeyler yazıyorlar, camlı dolapları karıştırıyorlar, hastabakıcılar benimle meşgul ve tımarcı[1] yerdeki kanlı pamukları süpürüyor.

Tıs yok. Arada bir madenî âletlerin tepsilerde çıkardıkları ince ve kırık sesler. Ve bir şırıltı, diğer kokuları yenen bir iyodoform[2] kokusu ve beyazlıklar: Beyaz duvarlar, beyaz demir masa, beyaz dolaplar, beyaz örtüler, beyaz sargılar, beyaz pamuklar, beyaz gömlekler...

Dizimdeki sargıyı çözüyorlar, her kat açıldıkça bacağım o kadar hafifliyor ki, sargı tamamiyle çözüldükten sonra dizim uçuverecek, yerinde bulunmayacak sanıyordum.

Sargı çıktı. Sonra pamuk ve sonra gazbezi çıkacak. Bu korku anı müthiştir. Dikildim. Hastabakıcının elini tutmak istiyordum. Yüzüme tekdirle[3] bakarak beni gözleriyle oyaladığı anda, birdenbire pamuğu çekti ve çıkardı. Fakat asıl mesele gazbezinin çıkarılmasındadır: Yaralı et, iki obur dudak gibi gaz bezini emer, bırakmaz ve bu dudaklar kurumuş ifrazatın tutkalıyla birbirine yapışmıştır, kilitlenmiştir.

Vücudum büyük bir korku ile öne doğru eğildi ve dizimin üstüne kapandı. Bana doğru gelen operatörü görerek saygı ve utançla biraz doğruldum.

Yaklaştı:

---

[1] **tımarcı:** Pansumancı.

[2] **iyodoform:** Mikropların çoğalmasını engelleyerek dokuyu mikroplardan temizleyen sarı, kristalimsi madde.

[3] **tekdir:** Azarlama, paylama.

- O! Sen misin? Ne var gene? Bacağın azdı mı?

Ellerini kalçasına koyarak yaranın açılmasını beklerken sordu:

- Fistül[1] var mı?
- Üç tane.
- Süpürasyon?[2] Akıntı?
- Çok var. Her gün...

Bir çığlık kopardım. Yara açıldı. Operatör eğildi ve benim pek iyi anladığım vahim bir teşhis yerine geçen mânâlı bir sesle mırıldandı: "Hımm..."

Hava dokundukça, yaralı çıplak et derisiz gibi ürperiyor ve benden fazla korkuyordu.

Daha büyük acılara hazırlanıyordum. Her yaradan içeriye birer sonda girecektir ve kemikteki çürüğe kadar dayanacaktır.

Asistanlar ellerinde parlayan madenlerle yaklaştılar. Dişlerimi sıktım ve gözlerimi kapadım. Çırpınmamak için tımarcı kollarımı, hastabakıcı kız başımı tuttu. Gene kıvranıyordum.

- Ben sana ne vakit ameliyat yaptım?
- İki sene oluyor.
- Bir daha lâzım.

Bir taraftan yaranın etrafındaki etlere parmağıyla basarak, öte taraftan bende korkunun uyandırdığı yeni ruhî cereyanı takip ederek, soramadığım suallere cevap veriyordu:

- Çare yok... Bu fistüllerden ikisi yenidir. Kürtaj[3] lâzım... Hatta sonra alçı bile lâzım... Artık mafsalı da feda edeceğiz... "Ankylose"[4] olmadıkça bu dizi kurtaramayız... İltihap

---

[1] **fistül:** Sürekli işleyen yara akıntısı yolu.

[2] **süpürasyon:** Cerahat, irin akma, akıntı.

[3] **kürtaj:** Vücutta boşluklar içindeki yabancı cisimleri veya hasta organları kazıyarak alma işi.

[4] **ankylose:** Eklem kaynaşması.

şiddetli... İhmal etmemelisin. Çare yok. Bu bacak kısalacak ve yere basamayacak. Ne yaparsın? Böyle çekmek iyi mi?

Yüzüme baktı, başımı önüme eğerek gözlerimi sakladım. Bu, kederimin son derecesini ancak benim bileceğim bir sır halinde bırakmak için, galiba nafile bir hareket oldu. Operatör, ihmalin davet edeceği fena neticelere dair telkininde[1] devam ediyordu. Gene sordu:

- İyi mi böyle çekmek?

Cevap vermedim. O kadar fena olmuştum ki, dizimin sarılması bittiği halde kımıldayamıyordum. Giyinmeme yardım ettiler ve kollarımdan tutarak beni ayağa kaldırdılar.

Hastahane Bahçeleri

İçimde garip bir karıncalanma halinde bir takım iniltiler, mırıltılar, şekilsiz gölgeler...

Âletlerle hırpalanan dizimde bir zonklama, fakat temiz ve yeni sargıların verdiği rahatlık, pansumandan kurtulmuş olmak sevinci, operatörün müthiş kararı, yakın istikbalime karşı duyduğum merak, derhal birçok tahminlere kalkışan endişeli zekâmın faaliyeti gibi ruhumu birkaç parçaya bölen duygular ve düşünceler arasında karanlık dehlize çıktım.

Ağır ağır yürüyordum. Etrafımda ipe dizili çamaşırlar gibi müphem[2] dalgalanışlar. Onları görmüyorum. Kapanırken dizime çarpar korkusiyle büyük, yaylı kapıyı ihtiyatla açıyorum. Dış kapıdan bir sedye geliyor. Bakmadan daha hızlı yürüyorum.

Bahçe. Parlak bahar güneşi. İçerinin renklerinden ve kokusundan birdenbire ayrılan tatlı bir parlaklık, çamla-

---

[1] **telkin:** Bir fikri aşılama, aşılayıp zihnine sokma, öğretme.

[2] **müphem:** Ne olduğu kesin olarak anlaşılamayan, belirsiz.

rın yeşili ve taze bir tabiat kokusu. Uzakta, çamların altında, beyaz entarili hastalar derinliklere doğru gitgide küçülen, yumuşak hayaletleriyle uzanmış, güneşleniyorlar. Koğuşlardan birinin penceresinden hasta bir çocuğun söylediği türkü geliyor. Kumlu yolda yürüyen ayakların çıtırdısı. Ve her an çamların karaltıları arasında ansızın beliren bir beyazlık.

Her gidişimde, hastahanelerin bahçeleri bana hüzün verirdi. Bunun mânâsını şimdi bulmaya çalışıyorum ve hastalıkla tabiat arasındaki büyük tezadı[1] anlıyorum. Bu, bir bahçeden hastahaneye girerken ve bir hastahaneden bahçeye çıkarken en çok hissedilen şeydir.

Ve bu, bana kendi meselemi unutturuyor, ruhumda daha büyük muammalara doğru genişlemek, yayılmak için bir tebahhur[2] başlıyor, zihnim boş, hiçbir şey düşünmeden, fakat içim dolu, ağır ağır etrafıma bakınarak, biraz da sendeleyerek yürüyorum. Hasta çocuğun türküsü uzaklaşıyor.

Caddeye doğru çıkarken kendime doğru gitmeye başlıyorum, felâketimi mücessem[3] bir şekilde değil, büyük teessürlerimde[4] olduğu gibi müphem birtakım hayaller ve remizler[5] halinde hissediyordum; ameliyat olacağımı, sakat kalacağımı düşünmüyor, içimde garip bir karıncalanma halinde birtakım iniltiler, mırıltılar, şekilsiz gölgeler seziyordum.

Caddeye çıkınca da bu devam etti, fakat hayatın gözlerimi çeken birçok hareketleri beni daha hakikî olmaya sevketti. Ne yapacağımı düşünmeye mecbur oldum.

---

1 **tezat:** Birbiri ile çelişki içinde bulunma, karşıtlık.

2 **tebahhur:** Bir şeyin içine dalma, çok derinine gitme.

3 **mücessem:** Cisim halinde olan, gözle görülür, elle tutulur şekilde olan.

4 **teessür:** Üzüntü duyma.

5 **remiz:** İşaret, alamet.

İşim yoktu, eve gitmeliydim, tramvaya doğru yürüdüm. Şehrin gürültüleri de benim aksi istikametime doğru yürüyerek uzaklaşıyorlardı ve sesler, uzaklarda, sallanıyorlar, sallanıyorlar ve koparak, parçalanarak, şehrin derinliklerine yuvarlanıyorlardı.

Bazı Kederlerin Riyaziyesi

Annelere anlatılan kederler taksim değil, zarbedilmiş[1] olur.

Kendimi çok sevdiğim an, kendime çok acıdığım an.

Beni yalnız bu koruyor: Bu aşk, bu merhamet.

Ve dizimin acısını duymayarak, yürüyorum, istikbalimden başka bir yere çıkan rahat ve emin bir yolda gider gibi yürüyorum.

Biz, kenar mahallelerden birinde annemle yalnız oturuyorduk. Ona bu fena haberi vermekte gecikmek için eve gitmek istemedim.

Felâketimizi başka biriyle taksim etmek[2] saadettir, fakat annelerle değil, annelerle değil. Annelere anlatılan kederler taksim değil, zarbedilmiş olur: Çocuklarının felâketini iki kat şiddetle hisseden anneler, bu ıstıraplarını çocuklarına fazlasiyle iade ederler; böylece keder anadan çocuğa ve çocuktan anaya her intikal[3] edişinde büyüdükçe büyür.

Kırlara çıktım.

Şehir bana kendini unutturacak kadar geride kaldı.

Bir ağaç altına oturdum, ve hasta dizimin zaviyesini her vakitki itina ile ayarlayarak bacağımı uzattım. Bu zavallı uzvumun talihine ait hiçbir şey düşünmek istemiyordum,

---

1 **zarb etmek:** Darp etmek, çarpmak (matematik işlemi).

2 **taksim etmek:** Parçalara ayırıp bölmek, bölüştürmek.

3 **intikal:** Bir yerden başka bir yere geçme.

şuurumun hastalığım üstüne boşaltacağı aydınlıktan kaçmak için ruhumun daha karanlık ve izbe[1] hatlarına kendimi atıyor, daha korkunç ve karışık hayallere dalıyordum.

Arada bir, bu karanlıklardan çıkarak, öğle güneşiyle yanan karşıki tepelere baktıkça, karanlık bir odadan gayet aydınlık bir yere ansızın geçmiş gibi gözlerim kamaşıyor ve hayret içinde kalıyordum.

Ne aydınlık! Ne aydınlık! Bütün taşlar, topraklar, boşluklar, camlarla, aynalarla, beyaz madenlerle dolmuş gibi parıldıyordu.

Fakat bu ışığa çok bakamıyordum, bu güneş bile gözlerimden içeriye girince, kendimden daha büyük bir karanlık denizine düşmüş gibi derhal sönüyor ve içimin rengini alıyordu.

Sofanın Bana Söyledikleri

İki yastık, bir şişe, bir mendil.

Fakat eve gittim. Şehrin bir ucundan öbür ucuna.

Kenar mahalleler. Birbirine ufunetli[2] adaleler gibi geçmiş, yaslanmış tahta evler. Her yağmurda, her küçük fırtınada sancılanan ve biraz daha eğrilip büğrülen bu evlerin önünden her geçişimde, çoğunun ayrı ayrı maceralarını takip ederdim. Kiminin kaplamaları biraz daha kararmıştır, kiminin şahnişini[3] biraz daha yumrulmuştur, kimi biraz daha öne eğilmiş, kimi biraz daha çömelmiştir; ve hepsi hastadır, onları seviyorum; çünkü onlarda kendimi buluyorum; ve hepsi iki üç senede bir ameliyat olmadıkça

[1] **izbe:** Kuytu, loş ve nemli yer.

[2] **ufunetli:** İrini olan, cerahatli.

[3] **şahnişin:** Odanın dışarıya üç tarafı kapalı bir balkon halinde çıkıntılı kısmı.

yaşayamazlar, onları çok seviyorum; ve hepsi, rüzgârdan sancılandıkça ne kadar inilderler ve içlerinde ne aziz şeyler saklarlar, onları çok.. çok seviyorum.

Eşiklerinde soluk yüzlü, çıplak ayaklı, ürkek ve sessiz çocukların, ellerinde ekmek kabuğiyle ve çerden çöpten yapılmış oyuncaklarla, ağır ağır, düşünerek ve gülmeden oynadıkları bu evlerin arasında kendi evimi ararım ve âdeta güç bulurum, çünkü bunların hepsi benim evim gibidirler.

Evde kimse yoktu; kapıyı anahtarımla açtım, girdim ve her zamanki âdetimle alt kat sofada epeyce durarak, hareketsiz etrafıma bakındım.

Bu sofa yaşlı bir insan yüzü gibidir: Evimizin bütün ruhu, kederleri ve neş'esi orada görünür, her günün hâdiseleri tavana, duvarlara, döşemeye bir leke, bir çizgi, bir buruşuk ve bazan da ancak bizim görebileceğimiz gizli bir işaret ilâve eder. Bu sofa canlıdır: Bizimle beraber kımıldar, değişir, bizimle beraber dağılır, toplanır, bizimle beraber uyur uyanır; bu sofa aramızda sanki üçüncü bir simadır[1] ve güldüğü, ağladığı bile olur.

Bu sofa dört köşedir: Ortada sokak kapısı, iki yanında birer pencere. Pencerenin yanında bir ot minderi. Minderin yanında yemek masası. Masanın yanında iki sandalye. Bu sofada oturulur, yemek yenir, misafir kabul edilir.

Benim her girişimde, orada, hareketsiz duruşum, beni bana gösteren bu çehreye bakmak içindir.

Ve baktım: Minderde üstüste konmuş iki yastık. (Demek annem biraz rahatsızlanmış ve buraya uzanmış.) Masanın yanında rafın önüne çekilmiş bir sandalye. (Demek annem en üst raftan bir ilâç şişesi almış.) Ha... İşte masanın üstünde bir şişe: Kordiyal.[2] (Demek annem bir fenalık geçirmiş.) Minderin üstünde ıslak, buruşuk bir mendil. (Demek annem ağlamış.)

---

[1] **sima:** Yüz, çehre, beniz.

[2] **kordiyal:** Kuvvetlendirici sıvı ilaç, en çok kalb için kullanılana denir.

Benim de bu şişeye, iki yastığa ve bir mendile ihtiyacım var, ben de Kordiyal alacağım, uzanacağım ve ağlayacağım.

Kapıya Bir Anahtar Sokuldu

Bir deniz, bir vapur, beyaz köşkler.

Az sonra kapıya bir anahtar sokuldu. Hemen doğruldum, mendilimi sakladım.

Kendisine zaafımdan ziyade metanetimi[1] gösterdiğim kadın içeriye girdi. Beni görünce, elindeki erzak torbasını merakının derecesini hissettiren bir şiddetle yere bırakarak yüzüme baktı. Yorulmuş olduğu için arkasını hafifçe kapıya dayayarak sık sık nefes alıyor, öğrenmek istediği şeyi öğrenmek için sual sormaya ya muvaffak olamıyor, ya lüzum görmüyor ve gözlerini benden ayırmıyor.

- Bir daha muayene edecekler, dedim.
- Ameliyat lâzım mı imiş?
- Belli değil. Bugün kalabalıktı. İyice bakamadılar. Belki lâzım olacak.

Bu müphem sözlerim onu hiç tatmin etmemiş olacak ki, torbayı yere bırakırken kolunun hareketine tesir eden merak ve endişe ile torbayı kaldırdı ve mutfağa doğru şaşkın adımlarla yürüdü. Yolunu bir kör alışkanlığıyla bulduğunu, etrafını görmediğini, torbayı evvelâ masaya, sonra rafın altındaki dolaba çarpmasından anlamıştım.

Mutfağa girdikten sonra bir an hiç sesi çıkmadı. Kımıldamıyordu. Neden sonra ocakta bazı tıkırtılar oldu. Arkasından yere bir maşa düştü: Sonra bir şeyler daha devrildi. Elindeki eşyaları idare edemeyecek kadar sinirleri fena idi.

---

[1] **metanet:** Zor koşullara, acıya ve üzüntüye katlanabilme.

Hemen ona bir teselli yetiştirmeyi düşündüm ve şunu bularak seslendim:

- Operatör yoktu, muavinleri baktılar. Bir kere de benim doktora, fakülteye gideceğim.

Cevap vermedi ve sofa ile mutfak sustu. Hastalığımı doğrudan doğruya o andan itibaren düşünmeye başlamıştım. Onu teselli için söylediğim söz beni de aldatacak bir cazibe[1] aldı ve bir ümit kapısı açtı. Başka doktorları, bilhassa benim doktoru görmek arzusunu duyuyordum. Bu doktor, genç olmadığı halde, birçok siyasî sebeplerden dolayı henüz stajını bitirmemişti, fakat bana hepsinden yakın bir insandı ve dizimden ziyade sinirlerim üstündeki iyi tesirlerine muhtaçtım.

Zaten hastahaneden eve gelinceye kadar içimde bir deniz, bir vapur, bir şimendifer[2] yolu, etrafında beyaz köşkler dizili bir yol hayali vardı; bu, açık, berrak bir hayal değildi, birçok karışık tasavvurlarım[3] arasında, çabucak çevrilen bir defterin yapraklarında görülen resimler gibi, görünmesiyle kaybolması bir oluyordu: Deniz, vapur, uzun ve çıplak bir yol, bir toz dumanı, köşkler, çayırlar, bahçeler... Fakat bu hayalin içinde ne fakülte, ne doktor vardı. Bunu, o manzaraya sonradan ilâve ettim.

Yemekte sustuk.

Bu, benim sessizliğime alışık olmasına rağmen, onu ürkütüyor gibi.

Sokak kapısının önünde çocuklar oynuyorlar. Bazen, birdenbire, keskin bir çığlık koparıyorlar. Kısa, şiddetli bir münakaşa. Sonra, aralarındaki meseleyi çabucak hallederek susuyorlar. Bu sükût içinde, oynadıkları oyunun teferruatına dalarak düşündükleri hissediliyor.

---

1 **cazibe:** Çekim, albeni.

2 **şimendifer:** Tren.

3 **tasavvur:** Bir şeyi zihinde biçimlendirme, kurma, tasarım.

Bir an oldu ki bu sükût uzun sürdü ve dikkat edilecek bir hâdise haline geldi. Evin içi ve dışı susuyordu. Bir ses işitmek için konuşmak istiyordum, fakat nasıl çıkacağını bilmediğim sesimin bu vahameti arttırmasından korkuyordum.

Tam o sırada, çıt.. etti, merdivenin üstüne asılı farbalanın[1] bir köşesi koptu. Ürperdim. Bütün sofa kımıldanıyor gibiydi.

Gayret ederek konuşmaya başladım:

- Bu akşam Erenköyü'ne gideceğim... Yarın öğleden evvel fakülteye gideceğim: Mithat bey, oradadır. Bir kere de o görsün, belki öteki operatörlere de gösterir de konsültasyona[2] benzer bir şey yaparlar.

- Git ya, git... Erenköyü'ndekiler seni soruyorlardı, Paşa seni pek görmek istiyormuş.

- Gideceğim.

Konuşurken aramızda bir sevinç seyyalesi[3] dolaşmıştı. Fakat bir an sonra ben operatörün kat'î kararını ve ihtarını hatırladım. Ümitlerimin hepsini bir anda kaybettim ve düşünceye daldım.

Beni bastıran keder anneme de geçti.

Fakat ben bu kederimin sebebini biliyordum, o, bu kederinin sebebini bilmiyordu.

---

1 **farbala:** Büzgülü veya pilili süs, fırfır.

2 **konsültasyon:** Bir hastaya teşhis koymak ve tedâvi şeklini kararlaştırmak için birkaç hekimin bir araya gelip görüş alış verişinde bulunmaları.

3 **seyyale:** Akım, cereyan, akıcı olan şey.

Paşa

Arkamda hafif bir ayak sesi ve sıçrayış.

PAŞA, kanepede, kendisini tanıdığım ve hatırladığım günden beri oturduğu tarafta oturuyordu. Salonda akşam karanlığı arttığı için, kendisine pek yakın olduğum halde yüzünü göremez olmuştum. Bakışlarını, gülümseyişlerini ve yüzünün kımıldanışlarını sesinde bulmaya çalışıyordum ve ağır ağır konuşuyorduk. Hastalığımdan ziyade tahsilime alâka gösteriyor, imtihanda aldığım numaraları soruyordu. Nihayet karanlıktan sinirlendi ve hizmetçilere lâmba emretti.

Arkamda açık duran balkon kapısından hafif bir rüzgâr giriyor, salona ıhlamur ve gül kokusu getiriyordu. Odaya ışık girinceye kadar gözlerimi hafifçe kapadım, bu köşke ait hatıralarımın uyanışına kendimi bıraktım. Paşa'nın ağır ve yeknesak sesi, kendisine ayırdığım küçük dikkati yormuyor, içimdeki hayallerin serbest uzanışını bozmuyordu. Daha pek küçük yaştanberi, karşımdakini dinlediğim halde içimden başka şeyler düşünmeyi, zihnimi iki dikkatle çalıştırmayı öğrenmiştim. Karanlık da buna yardım ediyordu. Fakat odaya ışık girince dışarıyla meşgul oldum. Gözlerim evvelâ piyanoya gitti ve üstünde birşeyler aradı. Kapıya da sık sık bakıyordum.

Sonra bunun farkında oldum ve kapıya arkamı dönerek yüzümü tamamiyle Paşa'ya çevirdim: Bu dönüşüm sırasında, dizimi incitmemek için yaptığım hususî bir harekete dikkat eden Paşa, sıhhatimi sordu. Bazı kısa ve yanlış izahat verdim, ertesi sabah fakülteye gideceğimi söyledim.

Hastalığıma dair sualler soruyor, verdiğim kısa cevaplarla kanaat etmiyordu.

Arkamda hafif bir ayak sesi ve sıçrayış oldu. İçeriye girenin kim olduğunu anladığım için başımı çevirip bakmadım. Kulağımın dibinde keskin bir ince ses:

- Hani benim kitaplarım? diye bağırdı.

O vakit biraz döndüm ve Paşa'nın kızı Nüzhet'e cevap verdim:

- Getirdim.

Elimi sıkarken vahim bir şeyden bahsettiğimize dikkat etti, ağırlaştı ve dinledi; fakat Paşa'nın suallerinden sıkılmaya başlamıştım. Nüzhet de yanımızda çok durmadı, bir sıçayışta balkona çıktı. Bu, onun huylarından birisidir. Herhangi bir vaziyette ekseriya iki dakikadan fazla durmaz ve kaçar.

O uzaklaşınca bana küçük bir dalgınlık geldi. Paşa'nın sesini duymaz oldum, sonra birdenbire bu sesin yükseldiğini işiterek silkindim:

- İşitmiyor musun? diyordu, soruyorum: Bizim doktor Ragıp vardır, ona bir görün.

Ne söylediğini yarım anlayarak, dalgınlığımın utancını azaltmak için:

- Hay hay! dedim.

Ve arkasından, yakalandığımı zannederek epeyce kızardım.

Cinaî[1] Bir Roman

"M. Lökok'un kızı"
uzun tasvirlerle başlıyor.

Paşa benim uzak akrabalarımdandı ve beni çok severdi. Dört beş yaşımda iken bile benimle saatlerce konuştuğunu hatırlarım. Bir mütekaidin[2] münzevî[3] hayatını dolduran küçük şeyler arasında ben de ehemmiyet kazanmıştım.

Son senelerde Paşa iyice ihtiyarladı. Konuşması ağırlaşmıştı ve bazı, konuşurken uyuyordu. Ben ona eğlenceli romanlar götürürdüm ve geceleri okurdum. Kanepeye yatar, arada bir, çocukluğumda çok işittiğim kahkahalarından birini atardı. Ben, son senelerde işitmez olduğum bu kahkahaları duymak için ona tuhaf romanlar okumaktan zevk alırdım. Ben de onu çok severdim. "M. Lavaredin kırk beş parası", "Çalgıcının seyahati" romanları onu güldürmüştü. "Çalgıcı"yı iki defa okudum. Nüzhet'e edebî romanlar götürürdüm. Biz babasıyla otururken o, odasına çıkıyor ve bunları kendi başına okuyordu.

O gece Paşa, bana ne romanı getirdiğimi sordu:

- Bu sefer tuhaf roman getirmedim, cinaî roman getirdim.

Buna da memnun oldu ve herkes yattıktan sonra okumaya başladım. Paşa gene kanepesine uzanmıştı. Okuduğum romanın ismi "M. Lökok'un kızı" idi ve ilk sayfaları gayet uzun tasvirlerle başlıyordu. Birkaç sayfa okuduktan sonra Paşa sordu:

- Daha sabredelim mi?

---

1 **cinaî:** Cinayetle ilgili, cinayete ait.

2 **mütekaid:** Emekli.

3 **münzevî:** Etrafla ilgisi olmayan, insanlardan uzak.

Bu suali intihabıma[1] telmih[2] saydığım için:

- Ediniz.

Dedim ve okumaya devam ettim.

O sırada salon kapısı önünde bir patırdı oldu. Başımı çevirdim ve Nüzhet'in bana işaret ettiğini gördüm. Okumamı bırakarak dışarı çıkmamı istiyordu. Hâlbuki romanda epey ilerlemiş ve meraklı yere gelmiştim. Paşa, bu çıkışıma razı olmayacaktı. Gözleri kapalı dinlediği için kızının işaretini görmemişti. Ben Nüzhet'e işaretle menfi[3] cevap verdim ve okumaya devam ettim.

Nüzhet ayaklarının ucuna basarak bana yaklaştı ve omuzumdan sarstı. Kaşlarımı çatarak okumaya devam ettim. O sırada kulağıma fısıldadı:

- Budala! Baksana: Paşa babam uyuyor!

Sahi... Paşa, başı arkaya doğru kaymış, uyuyor, hatta hafifçe horluyordu.

Ayağa kalktım ve Nüzhet'le beraber dışarı çıktım.

- Nurefşan'ı gönderelim de onu yatırsın. Biz seninle bahçeye çıkarız.

Polis hafiyesi M. Lökok'un araştırma yaptığı meyhanenin merdivenlerinden iniyormuşuz gibi, basamakları ihtiyatla inerek Nüzhet'in arkasından gittim ve bahçeye çıktık.

Havuz başındaki demir kanepeye oturduk.

Başımızın ucunda, tâ uzaklara kadar sıralanarak ötüşen ağustos böcekleri, bütün Erenköyü'nü uzun bir ses zinciriyle çeviriyordu. Sıcak bir rüzgâr. Sanki ilkbahardan yaza geçilen mevsim çizgisinin üstündeyiz, etrafımızda gizli bir coşkunluk var.

---

1 **intihap:** Bir şeyi veya kimseyi benzerleri arasından ayırma.

2 **telmih:** Bir sözde açık olarak belirtilmemiş bir noktayı dinleyenin anlamasını sağlayacak biçimde verilen ipucu.

3 **menfi:** Olumsuz.

Ciddî Bir Adam

Bir aşk teminatına benzer sözler.

Havuzda yıldızların aksine bakıyoruz; fakat aynı şeyi hissetiğimizden emin olmamak azabı içindeyim.

Onun ne düşündüğünü anlamak için ilk sözü ondan bekliyorum ve bunun müstehzi[1] bir cümle olmasından korkuyorum.

- Sen çok ciddî adamsın! dedi.

Hayret ettim. Sessiz, uslu oturuşuma mı telmih ediyordu?

- Niçin? diye sordum.

- O kadar işaret ettim, ettim, gelmedin.

- Ben Paşa babanı uyanık sanıyordum.

Birkaç dakika geçti. Birbirimizin nereye baktığını bilmeden geceyi seyrediyorduk.

- Senin haberin yok, dedi, beni biri istiyor.

İzahat isteyen bir susuşla sustum. Devam etti:

- Bir doktor.

- Doktor Ragıp mı?

- Ne biliyorsun?

- Hissettim, bu akşam Paşa baban bir doktor Ragıp' tan bahsetti.

- Beni istediğini söyledi mi?

- Hayır.. başka türlü bahsetti. Fakat ben bu ismi yeni işittiğim için tahmin ettim.

- Evet... İşte o...

Gene susarak izahat istiyordum, anlattı:

- Genç bir adam... Mektepten yeni çıkmış... Bize iki defa geldi, bir defasında beni gördü. Annesiyle istetmiş. Babam reddetmedi, "düşünelim" dedi. Düşünüyor.

---

[1] **müstehzi:** Alaycı.

Ben gene sustum. Nüzhet anlatıyordu. Fakat artık söylediği şeylerden ziyade sesine dikkat ediyordum ve bu meseleyi nasıl telâkki[1] ettiğini sezmeye çalışıyordum. İstihza sesine hâkimdi; fakat zaten onun tabiatı müstehziydi ve böyle olmasa bile, kendisini isteyen adamla mı, hâdise ile mi, benimle mi istihza[2] ettiğini anlamak güçtü. Anlatırken arada bir küçük kahkaha atıyordu:

- Biliyor musun? diyordu, bunlar hoşuma gidiyor... Evin içinde büyük bir mesele... Herkes bunu.. yani beni düşünüyor. Boyum, bosum, kaşım, gözüm... Onun tahsili, parası, güzelliği.. bir sürü mukayeseler! Ben hep gülüyorum. Annem bana kızıyor.

Bir kahkaha daha attı. Ben ağzımı açamayacak bir halde idim ve dinlemekte de güçlük çekerek susuyordum.

Birdenbire kolumu tuttu:

- Of! Sen ne ciddî adamsın! Bir şey söylesene...

Büyük bir itiraf yerine geçmesinden korkarak şunları söyledim:

- Bu bahisten hoşlanmıyorum.

Bu sözüm onu epey düşündürdü. Aramızda, hislerimiz hiç bu kadar soyunmamıştı. Hafifçe kolumu sıkmaya başladı ve birdenbire alçalan bir sesle mırıldandı:

- Ragıp bey beni istedi diye, ben de hemen evlenmiyorum ya... Hem ben daha on dokuz yaşındayım.

Hemen boynuna sarılmak istedim. Bu sözler benim için bir aşk teminatı[3] yerine geçti. Bir anda pek çok şeyler öğrenmiş olduğumu zannettim. Fakat biraz düşününce bunun bir teselli olabileceğini de anladım ve bir an evvelki kederim arttı.

---

[1] **telâkki:** Bir kimsenin kendi görüşü, anlayış, görüş.

[2] **istihza:** Biriyle alay etme, eğlenme.

[3] **teminat:** Güvence, garanti.

Nüzhet'in Kahkahaları

Onun birçok heyecanları otomatiktir.

Ben Nüzhet'in kahkahalarından ürkerim, bu, bir silâhtır ki Nüzhet onu başkalarının zaafları üzerine merhametsizce boşaltır. Ağzından bu kısa, kesik ses parçasının dışarıya sıçrayışı kendisi için o kadar gayri ihtiyarîdir ki infilâktan sonra o da her zaman şaşırır, bazen utanır ve nadir olarak da açtığı yaraya acır.

Nüzhet'in birçok heyecanları otomatiktir.

İşte, bu kahkahalardan ürktüğüm için bahsi değiştirmeye mecbur oldum.

- Ben yarın öğleden sonra Fakülteye gideceğim, dedim.

Ona hastalığımdan pek az bahsederdim; o da bana kısa bir iki şey sorar, aldığı cevaplardan her şeyi anlamış gibi susardı. Fakat sesimde gözlenen vahameti sezmiş gibi sordu:

- Hastalığın fenalaşıyor mu?

- Biraz fena... Galiba bir ameliyat lâzım.

Artık hiçbir şey sormadı ve sustu. Bu anda neler düşündüğünü anlamak için sükûtunun ne kadar süreceğini ölçmek fikr-i tedâisine[1] intikal etmek için de ilk sözü ondan işitmek istiyordum. Bir hayli sustu. Nihayet şunu sordu:

- Babam sana Dr. Ragıp'tan ne diye bahsetti?

Bu suale cevap vermeden evvel, benim hastalığımın ona doktor Ragıp'ı nasıl hatırlattığını düşündüm ve içimden, korktuğum mukayeseyi yaptığına hükmettikten sonra cevap verdim:

---

[1] tedâi: Çağrışım.

- Hastalığımdan bahsolunuyordu da "Bizim bir doktor Ragıp var, bir kere de ona göster," dedi.

Nüzhet parmağını uzattı:

- Bak ay çıkıyor... Limon gibi sarı değil mi?

Arkamızda bir çatırdı. Dönüp baktık, Nurefşan. Yaklaşmaya cesaret edemiyor gibi.

Nüzhet sordu:

- Ne var, Nurefşan?
- Hanımefendi; "Nüzhet artık yatsın," diyor.
- Geliyorum.

Kalktık. Nüzhet kulağıma söylendi: "Şu anneme de uyku verici bir roman getirsen de daha uzun konuşsak!"

Her bedbaht[1] gibi ben de bu basit nüktede[2] bile bir merhametten, bir teselliden şüphe ettim: Kendi kendime güvenimi o kadar kaybetmiştim.

Yeni Mesele

Istırap, ağırlığıma bir şeyler katıyordu.

Yatağa girerken, her büyük felâketimde olduğu gibi, kendimi birkaç yaş birden büyümüş hissettim. Kırkını geçmiş insanların tecrübelerine sahip olduğuma inanıyordum, fakat hâlâ Nüzhet'e âşık olduğumu kendime itiraf edemeyecek kadar çocuktum. (Bunu hep sonraları, aylardan ve nice yıllardan sonra, bugün iyice anlıyorum.)

Yatağa girince vücudumun her vakitkinden fazla ağırlaştığını zannettim. Istırap ağırlığıma bir şeyler katıyordu. Dizim de çok ağrımaya başladı. Her gün istirahat etmeye ve koltuk değneğiyle yürümeye mecbur olan ben, o gün

---

1 **bedbaht:** Talihi kötü olan, felakete uğramış olan.

2 **nükte:** Espri.

çok yürümüştüm ve doktorların kat'î ihtarlarına rağmen bir bastona bile dayanarak yürümeyi daima reddettim.

Uyuyamıyordum.

Birçok fedakârlıklara hazırlanmak lâzım geldiğini anlıyordum. İçimde hep ne olduklarını bilmediğim gizli ve meçhul ümitlere sarılmıştım; onlar olmasa bir saniye nefes alamazdım; çünkü bütün hesaplar aleyhime çıkıyordu, bu meçhul ümitler beni aldatırlarsa mahvolacaktım.

Nüzhet'in doktorla evlenmesi ihtimalini düşündüm. Aklımla bunu tabiî buluyordum. Hiçbir zaman benden dört yaş büyük bir kızla evlenmeyi kurmamıştım ve onun günün birinde benden başka biriyle evleneceğini kıskanmadan düşünmüştüm; fakat böyle, ilk defa bir istekli çıkınca yepyeni bir mesele ile karşılaştığımı görerek biraz hayret ettim. Benim için bunun neden bir mesele olduğunu hâlâ anlayamıyordum.

O gece hastalığımdan fazla zihnimi işgal ettiğinin farkında olmadan yalnız bunu düşündüm. Nüzhet'le beraber büyüdük. Benden yaşça büyük olduğu halde, onun küçükken bebekleriyle oynamasını, ben, istihfafla[1] seyrederdim, bilhassa hastalığımdan sonra. Ben ondan evvel, ruhen çocukluktan çıktım, daha evvel ciddîleştim. O hâlâ çocuktu. (Fakat bu da benim hoşuma gidiyordu.) Kendimde kaybettiğim şeyleri onda buluyordum. Fakat bütün bunları arkadaş hisleri sanıyordum.

Yalnız, büyüdükçe birbirimize yabancılaştığımızı birkaç kere fark etmiştim, aramıza meçhul anlaşmazlık setleri yığılıyordu ve ben bunları yıkmaya çalışmaktan zevk alıyordum, fakat herbirini yıktıkça daha büyüğünün önüme çıktığını görmek beni hem sevindiriyor, hem kederlendiriyordu. Birbirimize açıldıkça kapanıyorduk. Önceleri her şeyimizi birbirimize açık anlatırken, sonraları, beni kendime karşı, onu da kendisine karşı hayrete düşüren

---

1 **istihfaf:** Küçümseme, hor görme, hafife alma.

birçok tereddütler ve hesaplar içinde susmaya başladık. Sohbetlerimize ihtiyaç girdi. Zaman geçtikçe birbirimizi daha çok tanıyacakken, birbirimize karşı yenileşiyorduk. (Bütün bunlar aşka benzer şeylerdir, o vakitler bunu anlamıyordum.)

*
* *

Yalnız bir şey anlamıştım ki, ben çok bedbahttım.

O gece de yatakta bunu kuvvetle hissettim.

Gözlerim doluyordu.

Meçhul ümitlere inanmadığım an, beni kurtaracak şeyin ne olduğunu bilmek istiyorum. Ümit etmek bile az. Emin olmak ihtiyacı. Yalancı istikbalin şüpheli vaatlerine değil, teminatına ve senedine ihtiyacım var. Halbuki o vaat bile etmiyor ve kendisine beni nasıl karşılayacağını sorduğum vakit, korkunç bir dilsizlikle susuyor.

Uyuyamıyorum.

Karanlık dehliz. Sarı mumdan heykeller. Fistül var mı? Üç tane. Beyaz eşya ve beyaz gömlekler. Ameliyat lâzım, ayağım biraz kısalacak. Böyle çekmek iyi mi? İşitmiyor musun? Soruyorum: Bizim bir doktor Ragıp vardır. Polis hafiyesi M. Lökok ve adamları siyah pelerinlerle meyhaneye girerler. Karanlık merdiven, iskelet, hayaletler, kandan bir kurdele, sarhoşlar, silâh sesleri, merdivenlerden bir yuvarlanış, havagazı fenerinin altında bir adam görünüp kayboluyor. Doktor Ragıp. Havuzda yıldızlar. Bir limon büyüdükçe büyüyor. Artık bu meseleyi konuşmayalım. Nüzhet'in kahkahası ve Nüzhet'in içi: Zavallı! diyor o, ben kan, cerahat, irin, ciddî adam, mahzun çocuk sevmem. Ben mes'ut olmak isterim.

Bir Genç Kız Ne İster?

Mes'ut olmak ister.

Elbette bir genç kız mes'ut olmak ister.

Bu kadar basit bir şeyi kendi kendime anlatmaya çalışıyordum. Uyku ile uyanıklık arasındaki hayallerim içinde sendeleyen mantığım, hep bu neticeye geldiği halde, kanî[1] olmamış gibi, yeniden muhakemeye[2] başlıyorum.

Ansızın inanılmayacak bir ses işittim: Oda kapıma vuruluyor. İnanmadım ve iyice kulak verdim, doğru.

- Kim o? diye seslendim, hafifçe:

- Benim. Uyudun mu? Gireyim mi?

Nüzhet! Gece yarısı Nüzhet! "Gir" diyemedim.

Bir daha sordu.

- Gireyim mi?

Yatağımın içinde hayretle dimdik:

- Gir! dedim.

Girdi.

Gömleğinin üstüne bir şal örtmüş. Ayakları, terlik içinde, çıplak.

Korkusunun şiddetini hissettiren büyük bir cesaret hamlesiyle yaklaştı ve bana bakarak bir kahkaha attı.

Ona bu geceki kadar hayretle bakmamıştım. Vücudundan başka kendisine hiçbir tarafı benzemiyordu. Hattâ o bile başkalaşmış: Kumral saçları açık sarı gibi. Elâ gözleri -ve canlı, hareketli gözler- simsiyah ve hareketsiz. Oynak başı kımıldamıyor ve mum ışığının sallantıları içinde uzanıp kısalıyor. Fakat yaklaştıkça vücudu o kadar büyüyor ki gözlerimi kaplıyor, odada ondan başka bir şey göremiyorum ve onu da tamamiyle göremiyorum.

Bir kahkaha daha attı.

---

[1] **kanî:** İnanmış.

[2] **muhakeme:** Akıl yürütme.

- Ayol... Nedir bu hayret? Bir kaçamak yapıp geldim... Uyuyamadım.

Karyolama oturdu.

Hayretimin üstüne binen sevincimi taşıyamayacak bir hale geldim.

- Korkma! Hepsi uyuyor! Periler bile duymadı geldiğimi...

Derhal Nüzhet'in odası ile annesinin ve babasının yattıkları oda arasındaki mesafeyi ve tehlikenin haritasını zihnimde ölçtüm.

Biraz rahatladım.

Sık sık nefes alıyordu. Biraz açılan şalının önünde, o âna kadar bu derece olgunlaşmış olduğunu esvaplarının üstünden anlayamadığım göğsünü gördüm ve yepyeni bir Nüzhet keşfettim. Yanımda bir başka insan.

Baktığımı görünce göğsünü kapadı:

- Uyuyamadım, dedi.
- Ben de uyuyamadım.
- Sen niçin uyuyamadın?
- Sen niçin uyuyamadın?
- Ben bir şeyler düşündüm.
- Ben de bir şeyler düşündüm.
- Sen ne düşündün?
- Sen ne düşündün?

Nüzhet'in bir kahkahası daha.

- Böyle giderse sabaha kadar konuşamayız, dedi.

Nadir fırsatlarda olduğu gibi, Nüzhet'e karşı istihza duyabiliyordum. Fakat arada bir vücudunun hareketleriyle bu istihzamı arzuya kalbediyor[1] ve öldürüyordu.

Benim istihzamla onun açılıp kapanan şalı arasındaki sessiz mücadeleye devam ederek konuşmaya başladık.

- Ben bu adamı düşünüyordum, dedi.
- Hangisi o?

---

[1] **kalb etmek:** Bir durumdan başka bir duruma çevirmek.

- İşte... O doktor Ragıp mı nedir? Hani beni isteyen adam.

- Ey?

- Ben onunla evlenirsem ne olur? diye düşündüm.

- Ne mi olur? Bilmem?

Bunu gayet tabiî ve kayıtsız söylemeye çalışmıştım; hattâ alâkamı gizlemek için yastığımın altındaki mendilimi aramakla meşgul görünüyor, mendil bir iki defa elime geçtiği halde bulamamış gibi yapıyordum. Susmaya mecbur oldu.

Ruhumun üstünde bir ağırlık duymaya başladım. İçimde, Nüzhet'in "Ne mi olur?" sualine türlü türlü cevaplar sıralanıyordu. Fakat zannediyorum ki, bunları ne kadar gizlemeye çalışırsam çalışayım, Nüzhet hepsini anlıyor. Öyle ise bunları gizlemek faydasızdır, söylemek de faydasız; bu iki şeyden başka bir şey yapamayacağım için bunalıyorum. Artık mendili de bulmuş olduğum için azabımı örtecek herhangi bir hareket bahanesinden de mahrumdum.

Nüzhet beni kurtarmaya çalıştı:

- Peki... Sen söyle... Ne düşünüyordun?

- Birçok şeyler...

- Ne gibi?

- Birçok... Anlatamam... Kısa kısa, başka başka, birçok şeyler...

Artık sesimi idare edemiyordum. İrademle bütün alâkasını kesen bu ses, kendimden bile gizlediğim derin bazı heyecanlarımı ele veriyor, beni bile hayrete düşürüyordu... Sustum ve gözlerimi de önüme eğerek saklamaya çalıştım. Bu zaafıma da isyan etmek istiyordum.

Artık Nüzhet havaî[1] konuşmak zorunda kaldı:

- Yarın sen erkenden kalkacaksın değil mi?

- Evet... Sekiz buçuk trenine yetişmeliyim.

- Öyle ise uyumalısın.

---

1 **havaî:** Boş, değersiz.

- Uykum da yok.
- Başını yastığa koy, uyursun.
- Zannetmiyorum.
- Uyursun, uyursun. Haydi... Ben seni örterim.

Elini omuzuma koydu ve ısrar etti. Artık merhamete lâyık olduğumu anlamaktan utanmayacak kadar mukavemetimi[1] ve gururumu kaybetmiştim, teslimiyetin zevki içinde başımı yastığa koydum.

- Hastalanırsın diye korkuyorum, diyerek avucunu alnıma koydu ve saçlarımı okşamaya başladı. O vakit, içimde sıkışan duygular için yeni bir mecra[2] keşfettim; eğer bu duyguları o tarafa doğru sevkedebilecek olursam, yalnız kurtulmakla kalmayacaktım, o anda mes'ut olacaktım.

İçimde bu inkılâp[3] birdenbire oldu, Nüzhet'in kollarını birdenbire tuttum ve ona yepyeni gözlerle baktım.

Evvelâ biraz şaştı, sonra beni dikkatle süzerek bir şey düşündü; elâ gözlerinin bir yandan öte yana şeytanî bir yarım daire çizdiğini gördüm ve daha fazla cesaretlendim.

Vücudunu kendime doğru çektim, bıraktı, göğsü göğsümün üstüne düştü ve hararetlerimiz birleşti. İkimizin birden, yahut ikimizden birinin kalbi şiddetle çarpıyor, Nüzhet'in göğsündeki yayları oynatıyordu. Bir avucumla başını tuttum ve başıma doğru çektim.

Dudaklarımız birbirine değer değmez, Nüzhet, elektrikli bir maden parçasını öpmüş gibi sarsıldı ve bir sıçrayışta ayağa kalktı.

Biraz durdu, göğsünü şişiren derin bir nefes aldı, belki bir şey söylemek istedi, fakat hiçbir şey söylemeden, hatta nefesini boşaltmadan geriye döndü, koştu ve odadan çıktı.

Bir anda hem onu, hem kendimi anlamak ihtiyacıyla, hareketsiz ve şaşkın durakladım. Şilte ve yorgan tutuşmuş

---

1 **mukavemet:** Direnme, dayanma.

2 **mecra:** Bir işin gidişi, bir olayın doğrultusu.

3 **inkılâp:** Kısa sürede meydana gelen ânî değişiklik.

gibi vücudumu alevler içinde hissediyordum. Yorganı attım ve yatağın içinde oturdum. İçimde büyük bir boşluk açıldı. Kalbimin çarpıntısından başka hiçbir şuurum kalmamıştı. Bu derunî boşluğu doldurmak için etrafa kulak verdim. Erenköy mırıldanıyor. İnce ve hafif böcek sesleri, tren düdükleri ve köpek havlamaları, birbirine sarılarak bir ses yumağı halinde büyüyor, gecenin birçok derin ve gizli sesleriyle karışıyor, rüzgârlara bürünüyor, başdöndürücü bir uğultu halinde yükseliyordu.

Birdenbire vücudum gevşedi, omuzlarım düştü.

Başımı yastığa koydum.

Hafif bir titreme. Uyuşukluğa benzer bir uyku istidadı.[1] Hafif dalıp uyanmalar ve küçük kâbuslar. İsmimi çağırıyorlar gibi. Yatağımın başında fısıldaşmalar, hayatımla münasebeti olmayan kısa bir rüya. Sonra âni bir uyanıklık, şuursuz bazı hâtıralar. Dikkatin birdenbire artması. Bir hâdise beklemek. Dizimde hafif bir sızı. Zorlukla dönüyorum, sağlam dizimi kısıyorum. Bir rahatlık. Gevşiyorum. Göğsümün üstünde kat kat yelekler çözülüyormuş gibi bir hafifleme var. Dalıyorum.

Hâlâ Uyuyan Genç Kız

Nurefşan'ın suç ortaklığını kabul etmiş oluyordum.

Sabahleyin Paşa beni görmek istemiş. Yatak odasına girdim. Şunları söyledi:

- Hazır Haydarpaşa'ya gidiyorsun, oradan bir arabaya bin, Kadıköyü'ne git, yeni bir roman al, o dün akşamki roman beni sarmadı, uyuya kalmışım... Sonra postahaneye gir, annene bir kart yaz ve burada bir ay kadar kalacağını

---

[1] **istidad:** Eğilim, yetenek, yetkinlik, kabiliyet.

haber ver. İsterse o da gelsin. Yengenin beklediğini de yaz, hem senin tatilin. Boş geçirme. Burada havadan istifade edersin.

"Yengen" dediği karısı, ona para çantasını uzattı. Paşa bana bir altın verdi, bunun yol ve kitap parası olduğunu söyledi.

Güç vaziyetimde beni biraz daha serbest bırakmak için yengemin odadan çıkmasından da müteessir oldum.

Paşa düşüncemin yolunu değiştirmeye çalışıyor:

- Allahaşkına, oğlum, kitabı alırken baş tarafından biraz oku... Öyle uzun uzun tasvirler olmasın. Gece o meyhane rüyama girdi. Sen kitap okurken ben romana rüyada devam ediyordum.

- Benim de rüyama girdi.

- Hastalığından da iyi haberler getir.

Gülümseyerek çıktım.

Köşkün bahçesinde Nurefşan yanıma geldi, hiçbir şeye sormadığım halde usulca dedi ki:

- Daha uyanmadı mı?

- Kim? diye sordum (Anladığım halde).

Nurefşan, anlamayışımdan yahut anlamaz görünüşümden gücenmiş gibi başını önüne eğdi ve ellerini birbirine sürterek mırıldandı:

- Küçük hanım.

Ben, istediği gülüşü esirgemeyerek bahçeden yola çıktım.

Nurefşan'ın suç ortaklığını kabul etmiş oluyordum.

Zavalli Yorik

"Hani senin o güzel kelimelerin, çılgınlıkların, şarkıların, davetlileri kahkahalarla boğan şakaların?"

Gayet yüksek bir kapı. Kırmızı bir fener üstünde şu kelimeler: "Yaralılara ilk yardım."

Bu vaat karşısında bana her vakit gelen ürperme ile içeri girdim. Taşlık. Yüksek tavan. Bütün sesler büyüyor: Ayak sesleri, insan sesleri ve uğultular. Taşlara sürünen kumlu ayakkabıların çıtırdısı kestane fişekleri gibi ve açılıp kapanan kapıların gürültüsü top gibi patlıyor.

Hızla girip çıkanlar, ağır ağır ve aranarak yürüyenler, bir köşede bekleyen askerî elbiseli fakülte talebesi, beyaz gömlekli asistanlar, doktorlar, yanımdan geçerken bıraktıkları meslekî koku ile kendilerini tanıtan eczacılar, duvarlardaki cetvelleri okuyan hastalar. Gayet vahim işler etrafındaki sessiz faaliyet. Burası bir resmî daireye, bir mektebe, bir hastahaneye, bir hamama, bir mağazaya, bir kışlaya ve bir mabede aynı zamanda benzer.

Benim doktoru buldum. Operatörü beklemek lâzım. Teşrih sınıfında[1] ders veriyormuş. Bana kaç defa lâboratuvarları, sınıfları, ameliyathaneleri gezdiren doktor, hasta-

---

[1] **teşrih sınıfı:** Cesetlerin açılarak incelendiği otopsi sınıfı.

lığa ait her şeye karşı tecessüsümü[1] biliyor. Teşrihhaneyi görmemiştim. Bu sefer beni oraya götürdü.

Büyük bir odaya girdik. Duvarları boydan boya kaplayan camlı dolaplar, içinde iskeletler, ortada sıra sıra masalar. Üstlerinde örtülere bürünmüş, insan şeklinde bir şeyler.

Masalardan birine yaklaştık.

Doktor örtülerden birini kaldırdı.

Bir ölü. Çırçıplak, sapsarı, upuzun bir vücut. Sivri yerleri morarmış, kaburgaları siyahlanarak fırlamış. Adaleler düşük. Kollar ve bacaklar incelmiş. Bir bacağı uzamış, öteki hafifçe yana kıvrık ve dizi yukarı kalkık. Başı yana dönük ve masanın kenarına doğru biraz kaymış. Ucu sivri ve etrafı mor bir daire ile çevrili burun uzamış, şakakları çökmüş ve traşı gelmiş. Alnı çok buruşuk. Yüzünde de şiddetli nefret ve azap: Hâlâ yaşıyormuş gibi, işkence çekiyormuş gibi, hâlâ içinde büyük duygular varmış gibi.

Gözlerim öteki masalara gitti. Her örtünün altında böyle bir tane var.

Doktor: "Bu taze bir kadavra,[2] yeni gelmiş." dedi. "Taze" ve "Kadavra" kelimelerinin garip tezadı beni ürpertti.

Doktor anlatıyordu:

- Bu zavallı, dünyada hiçbir şeyleri olmayan insanlardan... Bunların öldükten sonra bir mezarları bile yoktur. Fakat bu, teşrih için iyi bir kadavra. Tepeden tırnağa kadar adaleleri sayılıyor. Hem yağsız, yavan bir ceset, teşrih bıçağını yormaz.

Ve doktor birçok fennî[3] tafsilât veriyor.

Artık onu dinleyemez oldum. Bir iki ay evvel okuduğum "Hamlet"in mezarlık sahnesini hatırladım. Orada, Kralın

---

[1] **tecessüs:** Öğrenme merakı.

[2] **kadavra:** Tıp öğreniminde üzerinde çalışılmak üzere hazırlanmış ölmüş insan vücudu, ceset.

[3] **fennî:** Teknik, bilimsel.

soytarısı "Yorik"in kafatasını eline alan Prens'in sözlerini, bir musiki parçası gibi içimden mırıldandım:

"Heyhat! Zavallı Yorik! Ben onu tanıdım Horatio. Soytarıların en neş'elisiydi: Velût[1] bir muhayyele. Bin defa beni kollarında gezdirdi; fakat şimdi manzarası hayalimi dehşetle nasıl dolduruyor! Kalbim nasıl..."

Doktor beni dürttü. Elini örtüye sararak parmağını ölünün ağzına götürdü, siyahlanmış dudağını biraz sıyırdı:

- Bak! dedi. Dişler! Biliyor musun? İnsan öldükten sonra dişlerine bir şey olmaz, son nefesinde nasılsa öyle kalır. Burada, her ölünün ağzında, hayatında dişlerine ne kadar itina ettiğini anlayabiliriz... Bak, şurada bir çürük diş...

Bir tiksinme hareketi yaptım, derhal ölüyü rahat bıraktı.

Odadan çıktık, hafif hafif yürüyoruz. Ne ağır koku! Bir posta vapurunu batırabiliriz. Ve ne sessizlik! Ayak seslerimiz bile hiç akis yapmıyor gibi çınlayıp sönüyor. Kendime gömülüyorum.

"Bin defa beni kollarında gezdirdi. Horatio! Bu soytarıların en alaycısıydı. Bin defa beni kollarında gezdirdi. Velût bir muhayyele. Kimbilir kaç defa öptüğüm dudakları şuracığa asılıydı. Zavallı Yorik!"

- Buradan çıkıp teşrih dershanesine girelim, isterseniz... Tahammülünüz varsa...

Yok diyemedim.

Nasıl olsa operatörü beklemeye ve vakit geçirmeye de mecburduk.

"Zavallı Yorik! Hani senin..."

"Hani senin o güzel kelimelerin, çılgınlıkların, şarkıların, davetlileri kahkahalarla boğan şakaların? Hatta şimdi..."

---

[1] **velût:** Çok verimli, çok üretken, çok eser veren.

Doktor sordu:

- Size burası dokundu mu yoksa?
- Bir piyesten bazı parçalar hatırlıyorum.
- Biz o kadar alışkınız ki.

"Hattâ şimdi, şu ağzının yanındaki buruşukla gülmeye sen bile muktedir[1] değilsin. Ne yanak kalmış, ne ağız. Haydi, git, şimdi güzel kadınlarımızdan birine, tuvaleti arasında görün; ve ona de ki, yüzüne bir parmak kalınlığında boya süredursun, günün birinde şu cazip şekle istihale [2]etmekten kurtulamayacaktır. Bu fikre onu güldür."

Teşrih dershanesine girdik. Amfiteatr.[3] Operatör, elinde âletler, önünde mermer masa, üstünde bir ölü. Kolu kesiliyor.

- Efendiler!... Amputation[4] ameliyatlarında her şeyden evvel dikkat edilecek nokta...

*

* *

"- Rica ederim, Horatio, bana bir şey söyle."

"- Ne söyleyeyim efendimiz?"

---

1 **muktedir:** Bir işi yapmaya, başarmaya gücü yeten.

2 **istihale:** Bir durumdan başka bir duruma geçme, biçim değiştirme.

3 **amfiteatr:** Seyirci yerleri sahnenin karşısında kat kat yükselen tiyatro alanı veya salonu.

4 **amputation:** Vücudun çıkıntı biçimindeki herhangi bir organının, özellikle de kol ve bacakların tamamen ya da kısmen cerrahî yöntemlerle kesilip alınması.

İlk Lokma

Halbuki mesele çok basit: İnsan hastalanır ve ölür.

Dersden çıkınca fakülteyi çabuk terketmeye mecbur olan operatör, o gün bana bakmadı, yalnız doktora dedi ki:

- Mithat Bey! Bu çocuğa anlatınız, mutlaka koltuk değneği kullanmalıdır, hâlis[1] "arthrite"dir[2] bu, şakaya gelmez, hastalık "extra-articulaire"[3] değil ki...

- Öyle demişler.

- Haltetmişler! Ben bu dizi önce de gördüm, biliyorum.

Bana döndü:

- Yavrum! Sonra bacağını bütün bütün kaybedersin. Mutlaka bir koltuk değneği lâzım. Bak yürürken de zahmet çekiyorsun.

Ve ters yüzü dönerek, hiç zahmet çekmeden yürüyüp gitti.

Benim doktor, bahçede, kolunu bana verdi.

- Rica ederim, yaslanınız. Operatörün hakkı var... İhmal etmeyiniz. Hiç olmazsa bir baston.

Yokuşu ağır ağır iniyoruz. Hafif bir rüzgâr.

Her vesile ile bana ders veren doktor söylüyor.

- Bünye, bünye. Sizin için her şeyden evvel bu! Hastalığınız hem mevzii, hem bünyevidir. Bol hava, güneş, bilhassa deniz havası... Bunları çok iyi bilirsiniz. Hastalığınız size âdeta amelî[4] doktorluk öğretiyor... Bu rüzgâra bakın çok faydalı... Bu kadar esmek şartiyle...

---

1 **hâlis:** Karışık olmayan saf ve katışıksız.

2 **arthrite:** Eklem yangısı.

3 **extra-articulaire:** Eklem dışı, eklemden ayrı.

4 **amelî:** Uygulamaya yönelik, pratik.

Daha fazlası cümle-i asabiyeyi[1] kamçılar... Şurada bir lokanta var. Orada hem dinlenirsin, hem yemek yeriz.

Bir köy lokantasına giriyoruz. Doktor, mutlaka bir et seçmemi istiyor ve bana bir yemek rejimi çiziyor.

Öteki operatörün kararını anlattım ve bundan çok müteessir olduğumu söyledim.

Düşündü, çok düşündü, "Osteite" diye mırıldandı; gene düşündü, tereddüt içinde söyledi:

- O kadar korkmayın... Bir kere de biz görelim... Yarın değil öbür gün gelirsiniz, bizim operatör de bakar. Olabilir ki küçük bir ameliyatla, hattâ yalnız alçıyla, yahut yarım bir "İltisak-ı mafsal"[2] ile kurtarırız.

Sonra kuvvetle tekrar etti:

- Bünye! Bünye... En mühim nokta bu. Çok yiyiniz! Bunları biliyorsunuz... Fakat, haydi bakalım, işte yiyeceğiniz geldi... Bunu bitirmelisiniz... İyi çiğneyiniz.

Hiç iştahım yoktu. Sun'î bir gayretle bıçağı bastım ve ilk lokmayı ağzıma götürdüm.

Fakat etin kokusu bana teşrihhaneyi hatırlattı. Birdenbire damağımda çürümüş bir insan eti lezzeti, genzimde ağır bir koku hissettim. Bu duygum bana o kadar hakikî göründü ki lokmayı yutamadım, çıkaramadım ve kıpkırmızı kesildim.

Lokantanın bahçesine çıktım ve geldim. Doktor biraz şaşırmış, fakat soğukkanlı duruyordu. Bir bardak su verdi.

Her şeyi anlamıştı. "Teşrihhaneyi gezmemeliydik," dedi.

O koku bütün lokantayı ve genzimi dolduruyordu. Gördüğüm ölülerden birinin yanağını ısırmış gibiydim. Doktor, "Vah vah..." diye mırıldandı.

Hâlbuki mesele çok basit: İnsan hastalanır ve ölür.

"- Zavallı Yorik!"

---

1 **cümle-i asabiye:** Bütün sinir hastalıkları.

2 **iltisak-ı mafsal:** İki eklemin birbirine yapışması, kaynaşması.

Beni Karşılayan Sükût

Bu odada bir şey var, mühim bir şey.

Köşke girdim, fakat aşağı sofalarda, merdivenlerde, kapısı açık odalarda ve salonda kimseye tesadüf etmedim.

Paşa'nın yatak odasının önünden geçerken içerde hararetli bir konuşma duydum. Nüzhet'in sesi de geliyordu.

Biraz durakladım ve Paşa'nın küçük bir kahkahasını duymaktan gelen cesaretle içeriye girdim.

Paşa, uzun koltukta arka üstü yatıyor, Nüzhet pencerenin kenarına oturmuş, dizlerini sallıyor ve aynalı dolabın açık duran kapısı arasından yengemin kalın bacakları ile siyah elbisesinin eteği görünüyordu.

Ben girer girmez hepsi birden sustular. Beklediğim alâka yerine bu sessizlik beni şaşırttı ve bu şaşkınlığımı gören Nüzhet'in yüzünde bir istihza belirip belirmediğine bakamadan Paşa'ya doğru bir iki adım attım.

Beni gene o himaye etti ve ilk alâkayı gösterdi:

- Oo... İyi... Çabuk geldin... Ne haber?

Anlattım ki operatör beni muayene etmedi, yarın değil öbürgün. Anneme kartı yazdım, artık merak etmez. Bir roman aldım, cinaî ama güzel bir şeye benziyor.

Paşa sadece:

- Haydi bakalım! diye mırıldandı ve odayı gene sessizlik bastı.

Nüzhet'e baktım, başını pencereden dışarı çevirmiş ve dizlerini sallıyor.

Yengem, aynalı dolabın içine kapanmış. Kapısı hafifçe gıcırdıyor.

Bu odada bir şey var, bu odada mühim bir şey var. Merak ediyorum. Anlamak istiyorum, beni karşılayan bu sessizliği yenmek istiyorum.

Kitabı Paşa'ya uzatmaktan başka bir hareket yapamadım.

Aldı ve bakmadan küçük bir dolabın üstüne koydu: "Ya. Eh... Pekalâ..." gibi tamamiyle anlayamadığım bir şeyler söyledi.

Aynalı dolabın kapısı gıcırdıyordu.

Nüzhet pencerenin kenarından indi ve aramızdan çekilerek balkona çıktı. Ben de hemen odadan çıkmak ve yalnız kalmak istiyordum, fakat yapamadım. Biraz sendeleyerek iki adım kadar geriledim.

Yukarı çıkayım.. gibi bi şey mırıldandım, kapıya doğru yürüdüm.

Oda kapısının yanında, ayakta, Nurefşan, duruyordu. Onu ancak odadan çıkarken görmüştüm. O da bana garip gözlerle, birçok mânâlarla yüklü, dolgun gözlerle bakıyordu.

Odadan çıkınca nereye gideceğimi, ne yapacağımı şaşırmıştım. Bütün bu ev, bütün bu insanlar bana yabancı geliyordu. Onları bana tanıtan bütün alâkalar, hâtıralar bir anda kaybolmuştu.

Merdivenlerden indim. Bahçeye çıktım.

Havuzun başında Nüzhet'le geceleyin oturduğumuz demir kanapeye oturdum. Fakat bahçeyi göremiyordum, o yaşımda kuvvetli acıların bana verdiği geçici sağırlık ve körlük içinde idim; o acılardan biri ki, saniyeler içinde artıyor, azamiye çıkıyor, gözlerimin arkasında bir karanlık ve kulaklarımda bir uğultu yapıyor, kendimi taşıyamayacak kadar dermanımı kesiyordu.

Başımı arkaya dayadım. Bahçenin uzaklarında, yeşillikler arasında bahçıvanın görünüp kaybolan iki kat eğilmiş vücudu gözlerimi biraz oyaladı. Fakat gene içim karardı. Biraz evvelki yatak odasından parça parça hayaller.

Paşa'nın çapaklı sesi. Nüzhet'in dizlerinde sinirlilik. Nurefşan'ın gözleri, aynalı dolap kapısının gıcırtısı. Ve bu ses, bu dizler, bu gözler, kapı, gizli şeylerin diliyle bana neler söylüyorlar! Bazan etrafımızda o kadar esrarlı bir hâdise olur ki ince teferuatına kadar bunu sezeriz, fakat hiçbir şey idrak etmeyiz; ruhumuzun içinde ikinci bir ruh her şeyi anlar, fakat bize anlatmaz, böyle korkunç işaretlerle bizi muammanın[1] derinliklerine atar ve boğar.

Kuruntulu Adam

Nen var, niçin susuyorsun?

Boğuluyorum.

Kurtulmak için başımı kendi derinliklerimden çıkarıyorum, bahçeye bakıyorum. Oyalanacak bir şey arıyorum.

Yeşillikler arasında bahçıvanın kambur sırtı. Hâlâ aynı noktada. Bir nebat,[2] bir toprak parçası üstünde ne ısrar! Bütün ruhî ticaretini mert ve asil tabiatla yapan adam: Kendini ona emniyetle veriyor ve nebatla, toprakla açtığı hesab-ı câride[3] aldanmayacağını biliyor, bunun için sâkin ve kendinden emin, çalışıyor, bunun için yirmi santimetre murabbaı[4] bir toprak parçası üstünde, güneşin altında, saatlerce, yorulmadan, mazbut bir heyecanla didinip duruyor.

Onu o kadar kıskanıyorum ki saadetinin içine daha fazla giremiyorum, kendime dönüyorum, fakat içimde ne kar-

---

1 **muamma:** Anlaşılması güç olan şey.

2 **nebat:** Bitki.

3 **hesab-ı câri:** İki kişi arasındaki alacak ve borç hesaplarının ayrıntılı biçimde yazılması.

4 **murabba:** Kare.

gaşalık! Bana tâbi olmayan binlerce hayaller ve hatıralar, şiddetli bir anafor içinde savruluyorlar.

Arkamdan bir şehir kaçıyor. Dizlerimde bir kerpeten. Hastalık ve tabiat. Çamların arasında beyazlıklar. Bünye! Bünye! Sizin için her şeyden evvel bu. Evimizin sokak kapısı önünde çocuklar, birdenbire keskin bir çığlık. Daha sabredelim mi? Yengemin Paşa'ya uzattığı çanta ve Paşa'nın bana elini uzatırken yüzündeki şefkatin arkasına gizlenen istihfaf, istihza, nefret, hâkimiyet, mum ışığının sallantıları arasında uzanıp kısalan bir boy. Canlı, hareketli gözler, simsiyah ve hareketsiz. Uyuyamadım, diyor, ben de uyuyamadım, sen niçin uyuyamadın? Ben bir şeyler düşündüm, ben de bir şeyler. Gömleğinin üstünde bir şal... Arkamda açık duran balkon kapısından hafif bir rüzgâr giriyor. Hani benim kitaplarım? Çırılçıplak, sapsarı, upuzun bir vücut. Yanakları çökmüş ve traşı gelmiş. Horatio! Bana bir şey söyle! Ne söyleyeyim efendimiz?

Mermer masanın üstünde bir ölü. Heyhat! Ben onu tanıdım, Horatio. Soytarıların en alaycısıydı. Bin defa beni kollarında gezdirdi. Şimdi ne yanak kalmış, ne ağız! Bin defa beni kollarında gezdirdi. Velût bir muhayyele! Hani senin şarkıların, lâtifelerin, dâvetlileri kahkahalarla boğan şakaların! Operatörün bana bakışlarındaki merhamet, nefret ve ciddiyet. Ağır ağır yokuşu iniyoruz. Bir köy lokantası. Lokma. Zavallı Yorik! Horatio! Bana bir şey söyle! Ne söyleyeyim efendimiz?

Arkamda bir ayak sesi. Bir kahkaha. Ben doğrulmaya çalışırken bir kahkaha daha. Nüzhet:

- Ayol nerdesin?

Yüzüme dikkatle bakıyor, cevap bekliyor.

- Nerdesin? Odanda aradım seni.

Gözlerimi önüme eğiyorum.

- Yoruldum, dinleniyorum.

Yanıma oturdu. Hâlâ gözleri yüzümde.

- Yok yok... Bir şey var... Gene bir şeyler kuruyorsun.

Cevap vermiyorum. Bir kere girdiği bu yolda zorla yürüyor.

- Vallahi bir şeyler kuruyorsun. Neye canın sıkılıyor?
- Küçük şeylere.
- Söyle bana.
- Yorgunum.
- Haydi, söyle bana.
- Yorgunum... İstasyondan buraya kadar yürümek yordu. Biraz dinleniyorum. Şu bahçıvana bakıyorum. Ne güzel çalışıyor.
- Haydi, haydi... Söyle bana.
- Yirmi santimetrelik bir toprak parçası üstünde...
- Kuzum... Bir şeye mi darıldın?
- Hayır!
- Ben neye darıldığını biliyorum.
- Hiçbir şeye darılmadım.
- Biliyorum diyorum sana.
- Hayır!
- Sen biraz evel darıldın. Odadan çıkışından belliydi. Değil mi?
- Hayır... Darılmadım... Darılmış değilim.
- Ey!
- Orada, benden gizli bir şey konuşuyordunuz gibi geldi bana... Dışarı çıktım.
- Hayır! Senden gizli bir şey konuşmuyorduk.
- Olabilir... Bana öyle geldi.
- Hayır! Bak sen ne vesveseli adamsın! Düşün, düşün de kendini anla! Senden gizli hiçbir şey konuşmuyorduk. Annem soyunuyordu, sen odaya girince o da aynalı dolabın kapısı içine saklandı. Ben sana işaret ettim, görmedin. Şimdi anladın mı? Bu vesveseleri bırak! Sen çok kuruntulu insansın! Kalk. Dinlendinse bahçıvana görünmeden küçük salatalık koparalım, haydi.

Paris! Paris!

Sen git, Paris'e git! Hey!

- Ha! Ha! Tıpkısı be! Gözümün önüne geliyor Paris... Enstitü binası... Sonra Cumhuriyet heykeli vardır. Yamandır Paris. Bir daha göremiyeceğiz. İnşallah sen gidersin de görürsün... Benden geçti artık... Fakat insan romanları okurken de Paris gözünün önüne geliyor... Hem bu, hoş bir roman... Aferin! İyi bulmuşsun... O yeraltı meyhanelerinde ben yüzlerce defa kafayı çektim... Apsent[1] üstüne apsent...

Paşa, bol kahkahalar atıyor; okuduğum romanın yerli Paris tasvirleri hafızasının kapağını açmış, gençliğinin en taşkın yıllarına ait hatıralarla ağzına kadar dolu bir bentten, yirmi beş senelik bir mazinin seli şarıl şarıl akıyordu. Bütün Paris hatıraları. Ve bol ve gevrek kahkahalar, ki çocukluğumda Paşa bundan ne kadar çok salıverirdi ve her insanı bize hatırlatan, her insanı içimizde yaşatan bir ayırıcı alâmet varsa, Paşa'yı da bana hatırlatan, içimde yaşatan bu gevrek ve bol kahkahalarıydı.

- Ben, diyordu, Paris'e gittiğim vakit Sadi Carnot Reisicumhurdu. Kaç senelik mesele bu? Dur bakayım... 1887... Onüç, onbeş daha, yirmi sekiz sene evvel. Sen daha o vakit dünyada yoktun... Ne gezer? Ha! Sadi Carnot Reisicumhurdu... Paris'in yeraltı meyhaneleri vardı... Orada apaşlar[2] toplanırlar... Hani romanda okuyorsun ya!... İşte o herif gibi üç değil, beş değil, on onbeş apaş ortaya dolarlar... Ha! İçlerinde politikacılar da vardır... Anarşistler! Hepsi de Sadi Carnot'un düşmanları... Kapılar kapanır... Dışarıya gözcü konur... Polis gelmesin diye. Hoş

---

[1] **apsent:** Pelin otu katılmış, sert bir içki.

[2] **apaş:** Kabadayı, külhanbeyi.

polis her şeyi bilir ya... Arada bir bunları basar... Derken... Evet kapılar kapanır... Masanın üstüne bir anarşist çıkar, dehşetli bir nutuk söyler! Hey! Aman Allah! Gözleri kızarmış... Apsent üstüne apsent! Bağırır dururlar:

- A bas Sadi Carnot!

Yani "Kahrolsun Sadi Carnot!" diye haykırırlar... Kimi yere bardağı atar, şırakk.. diye kırar... Artık herkes masaların üstüne çıkar, nutuklar, haykırışlar, hurralar, bir neşe, bir coşkunluk, bir fırtına, kıyametler kopar!

Göğsü yorulan Paşa biraz duruyor, hâtıralarının silsilesini kendi içinde seyre dalıyor, "Hey... Ah." gibi iniltiler salıveriyordu.

O tarihte biz, Harb-i Umumî'ye[1] henüz girmiştik. İttihatçılar hâkimdi. Paşa, Fransız dostu ve Alman aleyhtarı, İttihatçılar'a düşmandı. Hep "Sabah" okur, muhalif[2] fırkanın[3] muvaffakiyetlerini arardı. Bab-ı âli baskınından sonra, "Sabah" birdenbire dilini değiştirmiş ve İttihatçılar'ın tarafına geçmişti. Hattâ Nazım Paşa'nın katlini ehemmiyetsiz bir vak'a gibi iki üç satırla yazmıştı. Paşa, en güvendiği gazetenin de bu ihanetini görünce, o günden beri matbuata[4] da gücendi ve bir daha köşke gazete sokmadı. Bunun için gençlik hâtıralariyle karışan siyasî muhalefet ihtirası altmışını geçen bu ihtiyarı anarşist gibi diriltiyor, uykudaki enerjilerini ayaklandırıyor, coşturuyordu.

- Sonra, diyor, Sadi Carnot'yu öldürdüler... Ben o vakit Paris'te değildim... İstanbul'a gelmiştim... Herifi İtalyan anarşistleri vurdu... Liyon'da... Anladın mı? Sen git, Paris'e git! Bak orada romanda okuduğun Pont-Neuf'un arka sokağında bir yeraltı meyhanesi vardır. Hoş, bugün duruyor mu acaba?

---

[1] **harb-i umumî:** Dünya savaşı.

[2] **muhalif:** Bir düşünceye, karara, tutuma karşı çıkan.

[3] **fırka:** Siyasî parti.

[4] **matbuat:** Basın.

Nefesi kesiliyordu. Romanı okumaya devam ettim:

"Çünkü bir kapalı araba, sarı ve ölümlü ışıklar neşreden fenerleriyle Pont-Neuf'u geçti ve enstitünün parmaklığı önünde tevakkuf[1] etti. Soluk gümüşî renkte bir şapkayı lâbis[2] orta yaşlı bir adam, arkasında kısa boylu, kamburca diğer bir adamla arabadan atladı ve derhal emir verdi:

"- Lâmbaları söndürünüz!"

Gizli Konuşulan Şey

Bir odanın içindeki sır.

Yatak odama girerken, kapının önünde Nurefşan'ı gördüm. Elinde bir şamdan:

- Sizi bekliyorum, dedi. Şimdi sizin cibinliğinizi kurdum. Sivrisinekler çoğaldı.

Odaya benimle beraber girdi. Etrafına bakınıyor, benim daha fazla rahat etmem için odada yapılacak yeni işler arıyor, bulamamaktan canı sıkılmış görünüyor.

Ben sandalyeye oturdum ve onun çıkmasını bekledim; çıkmadı ve karşımda durdu. Konuşmak istediği ve cesaret edemediği belliydi.

Konuşturmak istedim:

- Ey... Söyle bakalım Nurefşan... Senin saka ne âlemde... Yem yemiyor mu? Hastalığı geçti mi?

Son ihtiyarlık yıllarında kuşlara pek merak sardıran ve köşkte büyük bir kuşhane kuran Paşa, hasta bir saka kuşunu Nurefşan'a vermişti. Kızcağız odasında bu kuşu tedavi ediyordu.

- Bugün hayvancağıza iyi bakamadım. Misafir geldi.

---

1 **tevakkuf**: Bekleme, durma, duraklama.

2 **lâbis:** Giymiş olan, giyen.

Sonra yüzüme dikkatle bakarak, biraz daha yüksek sesle ilâve etti:

- Doktor Ragıp Bey'in validesi geldi.

Benim bu bahse ehemmiyet vermememden korkarak çabucak şunları da söyledi:

- İş ilerliyor.

- Hangi iş? diye sordum.

- Bir iki güne kadar söz kesilecek. Küçük hanımı doktora veriyorlar.

Bu haberi elimden geldiği kadar tabiî karşılamaya çalışarak dedim ki:

- Öyle mi? Nüzhet de bana söylüyordu. Demek buraya bir damat gelecek, fena mı?

Nurefşan, başını önüne eğdi ve memnuniyetsizliğini gizlemeyen bir yüz buruşuğu yaptı. Sonra anlattı:

- Düğünden sonra doktor, küçük hanımı Berlin'e götürecek. Orada hastahanelerde çalışacakmış.

- Ya... Demek küçük hanımı kaybedeceksin.

- Ben bu evlenmeyi hiç istemiyorum. Paşa efendi de istemiyor ama yengeniz istiyor.

Gene yüzüma baktı ve benden bu duygusunu paylaştığımı anlatacak bir söz bekledi. Hiçbir şey söylemedim.

Devam etti:

- Bugün siz Paşa efendinin odasına girdiğiniz vakit bunu konuşuyorlardı. Birdenbire sustular.

Kendimi tutamadım ve şiddetle canlandım:

- Ya! Ben bunun üstüne mi geldim?

- Öyle ya.

Küçük bir tereddütten sonra sordum:

- Ne konuşuyorlardı?

- Hanımefendi, doktorun validesinin söylediklerini Paşa efendiye anlatıyordu.

- Ne diyordu?

- Diyordu ki işte... Birkaç güne kadar söz kesilmeli imiş. Bir aya kadar da nikâh düğün... Sonbahara doğru doktor Berlin'e gidecekmiş, küçük hanımı da götürecekmiş.

- Nüzhet ne diyor?

- Gülüyor.

- Paşa?

- O da gülüyor. "Vay! Sen Berlin'e mi gideceksin?" diye alay ediyor.

- Peki, Nurefşan... Sen o şamdanı bırak. Benim şamdanda mum kalmamış.

- Zaten bunu size getirmiştim.

- Pekâlâ. Allah rahatlık versin.

- Size de efendim.

Nurefşan çıktı.

Size de efendim. Bana da mı?

Ümit etmiyorum.

Nüzhet Bana Yalan Söyledi

Dünyanın hiçbir Nüzhet'i yalan söylememelidir.

Öyle bir yaşta idim ve öyle bir mizaçta[1] idim ve çocukluğumda o kadar az oyun oynamıştım ve aldatmasını o kadar az öğrenmiştim ki, yalan bana suçların en ağırı gibi geliyordu; ve bir yalan söylendiği zaman insanların değil, eşyanın bile buna nasıl tahammül ettiğine şaşıyordum. Yalana her şey isyan etmelidir. Eşya bile: Damlardan kiremitler uçmalıdır, ağaçlar köklerinden sökülüp havada bir saniye içinde toz duman olmalıdır, camlar kırılmalıdır,

---

[1] **mizaç:** Bir kimsenin yaradılıştan gelen manevi nitelik ve eğilimlerinin tümü.

hattâ yıldızlar düşüp gökyüzünde bin parçaya ayrılmalıdır filân... Zavallı mürâhik...[1]

Nüzhet bana yalan söyledi.

Ah ben ruhumun içindeki o ikinci ruhu bilirim, esrarı gören gözleriyle ve esrarı duyan kulaklariyle her şeyi sezer ve bana sezdirir ve beni aldatamaz, ah, içim beni aldatmaz.

Ben o gün odaya girer girmez her şeyi sezdim. Aynalı dolap kapısının gıcırtısı, Nüzhet'in dizleri ve Nurefşan'ın gözleri bana üç münâdi[2] gibi haykırdılar.

Hakikati seviniz, o da sizi sever; hakikati arayınız, o da sizi arar ve üstüne yalan Çin setleri gibi kalın duvarlar örsün, altında kalan hakikat bir ince iniltiyle, bir hafif rüzgâr dalgasıyla, herhangi bir küçük işaretle mevcudiyetini bildirir: "Buradayım!" der.

Nüzhet bana yalan söyledi.

Hem ne çabuk yaratılmış, ne mükemmel, ne güzel yalan! Annesi, aynalı dolabın içinde çıplakmış! Yalanlarla besli bir muhayyile[3] hakikatin unsurlarını ne çabuk buluyor, etraftaki eşyayı, hâdiseleri kendi gayesine göre ne çabuk tertip ediyor ve malzemesi hakikat olan, hakikî toprakla, alçıyla, suyla yoğrulan bu abide en kuvvetli gözleri nasıl aldatıyor, ne san'at, ne san'at!

"Bak sen ne vesveseli adamsın!" ha? Düşün, düşün de anla! "Senden gizli hiçbir şey konuşmuyorduk. Annem soyunuyordu. Sen odadan içeri girince aynalı dolabın içine saklandı. Ben sana işaret ettim, görmedin. Şimdi anladın mı?"

İşte şimdi anladım... Ah, küçük aşifte![4]

---

[1] **mürâhik...** (Erkek çocuk için) on iki yaşını doldurduğu halde henüz ergenlik çağına ulaşmamış olan.

[2] **münâdi:** Bir haberi yüksek sesle duyuran, îlân eden kimse, tellâl.

[3] **muhayyile:** Hayal etme yetisi veya gücü.

[4] **aşifte:** Hafif meşrep.

Fakat Yarabbi, ben bu gece bu odada yatmaya niçin mahkûmum, niçin tâ buradan kalkıp evime kadar yayan gitmiyorum ve evimin sofasında baygın düşmüyorum?

Nüzhet bana yalan söyledi.

Bunu onun yüzüne vurmak istiyorum. Hakikat, yalana karşı mücadeleye beni memur ediyor. Mukaddes iş. Bunu yapacağım. Bütün hayatımı buna hasredebilirim. Dünyanın hiçbir Nüzhet'i yalan söylememelidir. (Zavallı mürâhik) Tek başıma ben buna mâni olacağım. (Zavallı onbeş yaşındaki hasta mürâhik) Ben mâni olacağım! (Zavallı mürâhik... Zavallı...)

O gece uyuyamayacağımı anlıyordum.

Nüzhet bana yalan söyledi.

Fakat sabaha kadar nasıl sabredebilirim? Ah, gene odama geliverse...

Bu ihtimali düşünürken onun odasına gitmeği de düşündüm. Bütün mahzurlarını hesap ediyordum.

Büyük bir arzunun bana ilham edeceği akla gelmez tedbirlerle Nüzhet'in odasına gidebileceğimi kendime kabul ettirdim. Vakıa tehlike vardı. Çünkü Nüzhet'in odası Paşa'nın odasının tam üstünde idi ve en küçük ses aşağıdan duyulabilirdi.

Bunlara karşı tedbirler düşünürken vücudum daha evvel kararını verdi ve muhakemelerim bitmeden ayağa kalktım.

Kapının eşiğinde biraz durarak etrafı dinledim. Tam sessizlik. Bütün köşk uyku ve karanlık içinde eriyor.

Sofanın ortasına kadar birkaç adım attım, gene durdum; bu sefer daha emniyetle Nüzhet'in oda kapısına geldim, hafif iki defa vurdum.

- Kim o? diye bir ses geldi, onun sesi.

Bu seste bile ben bir sinsilik, bir hilekârlık, örtünen, değişen, gizlenen ve aldatan bir şey keşfediyordum.

- Aç Nüzhet!

- Kapı kilitsiz.

Topuzu çevirdim, içeri iki adım atıp kapıyı kapadım ve durdum. Nüzhet yatağının içinde oturuyor, bana dikkatle bakıyordu. Bir dakika böyle geçti.

- Ne var? dedi.

Birkaç adım yaklaştım.

- Sana mühim bir şey söyleyeceğim Nüzhet. Odama gelir misin? Burada seslerimiz aşağıdan duyulur.

Yüzüme hâlâ dikkatle bakıyor, bir şey söylemiyordu. Ciddî olduğumu gördü.

- Peki... Geliyorum... dedi.

Azgın Mürâhik

İnanmak şehveti.

- Ben belki teselli edilmeye muhtacım, fakat bunu istemiyorum, anladın mı? Ben, yalan söylenmesini istemiyorum. Hem bu ne budalaca teselli! Aldandığımı anladıktan sonra daha fazla sıkılmayacak mıyım?

- Sen neler söylüyorsun kuzum? Ben bir şey anlamıyorum ki...

- Nüzhet! Beni hem dinlemeğe, hem anlamağa mecbursun. Ben sana diyorum ki, bana karşı doğru ol. Herkes yalandan nefret eder ve yalan söyler, ben herkesten fazla nefret ediyorum ve herkesten az yalan söylüyorum. Benim mizacım böyle.

- Peki ama bunları bana niçin söylüyorsun?

- Bunu anlaman lâzım.

- Hiçbir şey anlamıyorum.

- Nüzhet! Bunu anlaman lâzım.

- Hiçbir şey anlamıyorum, hayretler içindeyim, sana ne oldu, ne var? Gene ne kuruntular yaptın?

- Kuruntu değil. Ben hiç kuruntu yapmam. Ben hissediyorum, ben hakikati hissediyorum.
- Hangi hakikati?
- Benden gizlediğin hakikati.
- Of... Ne tuhaf söylüyorsun. Ben böyle konuşulmasından hoşlanmam. Karanlık sözler... Kuzum, açık söyle.
- Bu gece sen bana çok üzüntü verdin.
- Niçin canım?
- Demin Nurefşan burada idi, ben bugün odaya girdiğim vakit neler konuşulduğunu anlattı.
- Peki...
- Artık anlaman lâzım... Ve anlıyorsun. Fakat bu yalanı kapatmak için yenisini arıyor ve vakit kazanmaya çalışıyorsun.
- Fakat sen beni meraktan öldüreceksin. Ne yalanı canım?
- Sen bana dedin ki annen soyunuyormuş da aynalı dolaba saklanmış.
- Ey?
- Yalan...
- Sen sahi benden dört yaş küçüksün. Ve çocuksun. Nasıl isbat edeyim sana? Hiç... Bak bana, bak yüzüme. Sana tekrar söylüyorum ki sen odadan içeri girdiğin vakit annem odada soyunuyordu. Ve aynalı dolabın içine saklandı.
- Bugün o doktorun annesi gelmedi mi?
- Geldi.
- Birkaç gün içinde söz kesilmesini istemedi mi? Düğünden sonra kocanın seni Avrupa'ya götüreceğini söylemedi mi?
- "Kocanın" deme, sinirleniyorum. Evet, söyledi.
- Bugün, siz odada bunları konuşmuyor muydunuz?
- Konuşuyorduk.
- Benden niçin gizledin?

- Gizlemedim. Sana bu gece her şeyi anlatacaktım, fakat bahçede pek canın sıkılıyordu, hem de bunlar uzun uzun konuşulacak şeyler. Geceye bıraktım. Annemin soyunup soyunmadığını öğrenmek istersen, şimdi hemen aşağı in, Nurefşan'ı uyandır, ona sor. O seni seviyor, doğruyu söyler.

Ben, bir nefes boşlatmıştım. İnanmanın kurtuluşu.

Nüzhet sevinçle:

- Ah! Koca çocuk! dedi.

Ben de gülümsedim ve çılgın bir sevinçle hâdisenin üstüne abanıyor, gayr-i hakikî[1] bir nokta arıyordum; fakat bir kere, inanmanın şehveti başladıktan sonra, hakikat olduğuna iman edilen şeyi bütün iştiyaklarıyla[2] kucaklıyan insanlar gibi sevinçten çıldırıyordum, kuruntumun utancını duymayacak kadar mes'uttum.

- Haydi, şimdi soyun, yatağa gir. Ben de şalımı alıp geleyim, üşüyorum.

Nüzhet'in odaya yarı çıplak geldiğinin o anda farkına varmıştım.

Nüzhet'in Uykusu

Gül bahçelerinde bir gezinti.

Nüzhet odadan çıkınca soyundum (Bir taraftan da Nüzhet'e itimadımı teftiş[3] ediyordum.) yatağa girdim.

Nüzhet geldi, cibinliği açtı, içeri girdi ve yatağa oturdu.

Hâlâ onu sevdiğimi tamamiyle anlamıyordum, fakat sevinç içinde idim.

---

[1] **gayr-i hakikî:** Gerçek dışı.

[2] **iştiyak:** Derin özlem, hasret, şiddetli arzu.

[3] **teftiş:** Denetleme.

Ona dikkatle bakıyor, gözlerimi onunla dolduruyor, görüşüme karışan öteki eşyayı görmemeğe, onun gözlerimdeki aksini saf bırakmaya çalışıyordum.

Mum ışığında yarı çıplak, ne kadar güzelleşiyor! Her kımıldanışında bazı bir çocuk, bazı bir genç kız, bazı da bir kadın beliriyor: Saçlarının gıdığından kurtulmak için başının yaptığı ilcaî[1] küçük sıçrayışlarıyla bir çocuk, gömleğinden kurtulan yarı çıplak bir omuzun yavaşça ve utangaç içeri kaçışıyla bir genç kız; ve arada bir, arzulu bir teneffüsle gerilen göğsünün ileriye çıkışı, kendini gösterişi ve kuvvetli kabarışıyla bir kadın.

Ve şalı idare eden kıvrak, zeki eller.

Ve ne şefkatli arkadaş! Beni temin ediyor.

- Bu evlenme meselesi beni sinirlendirmeğe başladı. Söz kesmek bilmem ne... Bana sormadan ne bu! Ben şimdi gülüyorum, hâlâ tuhafıma gidiyor ama... Günün birinde kızıvereceğim.

Ellerini tuttum.

Canlanarak söylüyor.

- Bu adam bize iki üç defa geldi, arkasından beni istedi. Böyle evlenmem.

- Sen nasıl evlenirsin?

- Nasıl evleneceğimi bilmem, fakat böyle değil herhalde...

Nüzhet'i tekrar kucaklayarak kendime çektim. Daha doğrusu bu sefer kendisini bana o çekti (fakat ben gene cesaretimden mağrurdum) ağzıyla ağzımı arıyan o idi (fakat ben gene cesaretimden mağrurdum), elleri ensemde birbirini buldu ve dudakları yüzümde nokta nokta dolaştı, sonra dudaklarımın üstünde durdu. Ben arka üstü yattığım için onun başının ağırlığı da dudaklarınınkine zammoluyor ve benim dudaklarımı sıcak bir tazyikle yuğuruyordu... (Göğsümle göğsü arasında da aynı hâdise.)

---

[1] **ilcaî:** Bir şeyi yapmak için duyulan karşı konulmaz istek, dürtü.

Bu hal çok uzun sürdü. İlkönce bırakmak şerefini ikimiz de kazanmak istemiyorduk.

Fakat, nihayet, Nüzhet'in yanağındaki ateşin biraz soğur gibi olduğunu hissettim. Biraz kımıldadım, yüzüne baktım. Gözleri kapalıydı. Başı yana doğru kayıyordu. Hafifçe yastığın üstüne düştü. Üstüne eğildim. Uyuyor.

Uyuyor mu? Bir daha eğildim. Ağzı yarı açık. Derin ve titrek nefesler. Omuzları düşüyor, kolları gevşiyor. Gözkapakları inik ve erimiş. Uyuyor.

Başımı ona daha çok yaklaştırıyorum; ve onu uyandırmamak için yüzümle yüzü arasında kıl kadar ince bir mesafe bırakarak, al al olmuş yanaklarının kokusunu teneffüs ediyorum. Yanan bir gül kokusu. Yüzümü boynunda, göğsünde gezdiriyorum ve başımın bu ateşli gül bahçelerinde yaptığı gezintinin bitmemesi için uyanmasını istemiyorum.

Arada bir uyanıyor, boynuma sarılı kollarını biraz daha sıkarak uyuyor. (Veya gibi yapıyor.)

Nihayet benim, yorganı açarak onu içeri almak için yaptığım hareketten tamamiyle uyandı, silkindi ve yatağın içinde oturdu. İki elimi de tuttu. Gözleri dalıyordu. Galiba uyurken görmeye başladığı rüya, uyandıktan sonra da devam ediyor.

Birdenbire tekrar bana sarıldı, sonra yataktan indi, ayaklarının ucuna basarak uzaklaştı.

Değişiyorum

Ve içimde geriye dönmek korkusu var.

Ertesi gün, kendimi bedbaht sanmakta bu kadar acele edişime kızıyordum. Bir gün evvel, kuruntularım yüzünden, kendisiyle bütün alâkalarımı inkâr etmeye kadar vardığım bu köşk, o gün beni her dakika sevindiriyordu. Paşa'nın bana fazla sevgisinden dolayı her vakit ciddî duran yengem bile, sofrada tabağıma yemek koyarken bu işinden zevk aldığını hissettiriyor:

- Yemelisin, yemelisin, ben seni burada şişmanlatacağım. Tamamiyle iyi olacaksın da öyle gideceksin... Bak bugün maşallah benzinde kan var. Erenköy sana iki günde yaradı.

Paşa'nın da neş'esi var:

- Bak, bu getirdiğin romana bayıldım. Bu akşam da okuyacağız değil mi? Bakalım, herif kızı kaçıracak mı?

Nüzhet de bana cemileler[1] yapıyor:

- Sen burada iken vakit ne güzel geçiyor.. sıkılmıyorum. Sana alışırsak ne yapacağız?

Bu basit sözler bir aşk itirafı kadar gururumu okşuyor.

O günü akşama kadar Nüzhet'le bahçede geçiriyoruz. Mes'ut olduğumu şundan anlıyorum ki ne doktor Ragıp'tan, ne hastalıktan, ne de aynalı dolaptan bahsediyoruz. Âdeta, hayatımızda bunların hiçbiri olmamıştır.

---

[1] **cemile:** Birinin gönlünü hoş etmek için yapılan iyilik.

Kükürt serpmek bahanesiyle bağa gidiyoruz ve yere eğilerek, yapraklar arasında, dudaklarımızı birleştiriyoruz. Felâket gibi saadet de ne hızlı gidiyor! Nüzhet'e kocası olacak herhangi adam kadar yakınlaşmam için ne az mesafe kaldı! İstesem bu da olacak, fakat mes'ut olmayı o kadar unutmuşum ki bu sür'atten korkuyorum, daha fazla ilerleyemiyorum.

Nüzhet bana güzel bir rüya gördüğünü söylüyor, fakat bu rüyayı anlatmıyor.

- Niçin anlatmıyorsun? Anlatılmayacak bir şey mi?
- Sana bir şey anlatmak isterim ama bunu anlatamam.
- Utanılacak bir şey mi?
- Bunu sana söylersem rüyayı anlatmış olurum.
- Rüyada ben var mıyım?
- Güzel rüya dedim ya!
- Anlat kuzum, haydi anlat.
- Anlatırsam belki rüyayı bir daha göremem.
- Bu rüyayı hakikat yapamaz mıyız?

Ağzıma küçük bir tokat vurdu ve şaşkınlığıma güldü.

Etrafıma bakınıyorum. Bağ. Çocukluğumun birçok seneleri bu köşkte, bu bağda, bu bahçede geçti. Fakat kendimi yeni bir dekorun içinde buluyorum, etrafımda her şey değişiyor, asıl ben değişiyorum; iki gün içinde ne hâdiseler! Ben iki gün evvelki kendimi ve iki gün evvelki etrafımı tanımıyorum.

Ve içimde geriye dönmek korkusu var. Hiçbir şey hatırlamak istemiyorum. Elimi cebime sokarken, bana iki gün evvelini hatırlatacak bir kâğıt parçasına, bir şeye rastlamaktan bile korkuyorum.

*

* *

Bahçe kapısından içeri bir adam girdi, köşkün harem tarafına doğru yürüdü. Nüzhet bu adama çok dikkatle bakmıştı.

- Kimdir? diye sordum.

Nüzhet yüzünü buruşturdu, cevap vermedi ve yanımdan uzaklaştı ve adamın arkasından gitti.

Adam bir dakika sonra köşkün bahçesine çıktı ve Nüzhet yanıma geldi.

Hâlâ yüzünde can sıkıntısı vardı:

- Doktorun uşağı! dedi. Bu akşam kendisi gelecekmiş, uşağiyle haber göndermiş.

Nüzhet, sükûtunun beni götüreceği ıstırapların önüne geçmek istedi.

- Yarım saat ben ona çıkarım, sonra seninle bahçeye gelir, otururuz.

Ben bir şey söylemedim.

Nüzhet devam etti:

- Sen de göreceksin onu, yarım saat filân konuşuruz işte... Olmaz mı?

Bir tek omuzumun küçük bir hareketiyle cevap verdim ve hiçbir şey söylemedim.

Yalnız, derhal bir endişeye düştüm. Bana bu kuvvet kendimden mi geliyordu, Nüzhet'ten mi?

Doktor Ragıp

Tecessüs. Hatta yeni başlayan bir sevgi.

Uzun boy. Seyrek, ince ve sarı saçlar. Etlerinin her parçası aynı pembelikte, sıhhatli bir baş. Daima gülmeye alışmış ve ciddî halinde bile gülümseyen bir ağız. Amelî ve haricî[1] bir zekânın daralttığı muzip,[2] derinliksiz, kıvrak mavi gözler. İçinde -bana baktığı zaman- gurur, müsamaha, şefkat ve yukarıdan aşağı inen bir takdir. Kenarları biraz yayvan enli bir İslav burnu. Az kımıldayan bir vücut, dik duruş, gözlerin sinirsiz ve ölçülü bakışı. Mutedil[3] bir zerafet. Bütün şahsiyette bir itidal,[4] gayelere hendesî[5] bir gidiş, sathî[6] bir âhenk: Doktor Ragıp.

Mevzulara sükûnetle girerek konuşuyor. Sesi hafifçe titrek. Her sözünde ölçü hâkim: Rakam, mesafe, çizgi, harita, sayı.

- Efendim, bu trenler yirmi kilometre bile gidemez.

Yahut:

- Merkezi Erenköy olmak üzere bir daire çiziniz, Alemdağiyle Kadıköy arasındaki kutrun üstünde...

- Zavallı adamcağız günde otuz beş kere karısını düşünür, haftada iki defa onun gülümsediğini görmez.

Benim hiç konuşmadığımı gören Paşa, beni herhangi bir doktora bağlayan acı rabıta üstünde bahis açtı:

- Ragıp Bey, dedi. İyi tesadüf. Bizim oğlumuzun dizinde bir şeyler oluyor.

Bana döndü:

- Anlatsana... Sen bu hekimce lâfları biliyorsun.

Doktor Ragıp Bey'in başı omuzlarıyla beraber ve mekanik bir intizamla[7] bana çevrildi.

Hastalığımın yalnız ismini söyledim.

Gözlerinden gurur çekildi ve yalnız şefkatle bakarak sordu:

---

[1] **haricî:** Dışla ilgili, dışardan olan.

[2] **muzip:** Şaka yapmaktan hoşlanan, takılgan.

[3] **mutedil:** Ölçülü davranan, ılımlı.

[4] **itidal:** Orta derece olma hali, ölçülülük.

[5] **hendesî:** Geometrik.

[6] **sathî:** Derine ve ayrıntıya inmeyen, yüzeyde kalan.

[7] **intizam:** Düzgün, düzenli ve tertipli olma durumu.

- Ne zamandan beri?

- Yedi sene.

Nüzhet'in karşısında beni mahvedebilecek bir teessür ve merhamet gösterdi:

- O halde... derunî olacak: Tumeur Blanche.[1]

Nüzhet bu kelimenin mânâsını bilmediği için tasdik ettim.

Fakat Paşa sordu:

- Ne demek o?

Bu suale cevap vermemesini istediğimi anlayan Doktor Ragıp:

- Hiç! dedi, yani bünyevî[2] bir hastalık...

Sonra bana:

- Alçıya kondu mu?

- İki defa. Belki gene koyacaklar. Birkaç kere de ameliyat oldum.

Yengem içini çekerek mırıldandı:

- Zavallı çok çekti.

Odayı zapteden bu merhametten ürkmeğe başladım, fakat bu kuvvetli sarî[3] duygu bütün ruhlara saldırıyordu. Paşa'nın da sesi ağırlaştı.

- Ne yapsak, Ragıp Bey, bu illet bizi düşündürüyor.

- Delâlet[4] edeyim, Paşa hazretleri, bir iki büyük operatöre gösterelim.

Bu bahsi kesecek kadar şiddetle:

- Hepsine gösterdim, dedim.

Bir sükût oldu. Sesim o kadar fazla çıkmıştı ki aksi hâlâ kulağımda idi. İfratımı[5] tâdil[6] edecek bir yumuşaklıkla dedim ki:

---

[1] **tumeur blanche:** Ak tümör.

[2] **bünyevî:** Yapı ile ilgili, bünye ile ilgili.

[3] **sarî:** Başkalarını da etkileyen, bulaşıcı.

[4] **delâlet:** Aracılık, kılavuzluk, yol gösterme.

[5] **ifrat:** Aşırı gitme, ölçüyü aşma.

[6] **tâdil:** Doğru hale getirme, düzeltme.

- Yarın fakültede yeniden bir konsültasyon yapılacak.

Ve büyük operatörün ismini söyledim.

Doktor Ragıp:

- Çok güzel!

Dedi, bu bahsin kesilmesini istediğimi de anlayarak başka mevzuya geçti.

Nüzhet iki defa salondan çıktı, girdi ve ikisinde de gözleriyle beni dışarı çağırdığı halde yerimden kalkmadım.

Tecessüs -hattâ yeni başlayan bir sevgi- benim. Doktor Ragıb'ı Nüzhet'e tercih etmemle neticeleniyordu.

Galiba, düşmana dosttan fazla bağlandığımız alâka noktası budur.

Notlar

Bir felâketin on beş gün evvelden görünüşü.

"Fakültede bilmem hangi koğuşun muavin odasındayım: İki karyola. Ortada yeşil bir masa, üstünde sürahi ve kitaplar. Duvarda bir elektrik zili. Sağda bir çamaşır dolabı.

"Odada kimse yok. Bizim Doktor Mithat Bey biraz dışarı çıktı. Burası Paşa'nın muavinlerinin odası imiş.

"Mithat Bey geldi. Bana soruyor:

"- Ne yazıyorsun?

"- Bu odada gördüklerimi.

"Şimdi iki erkek ve iki hıristiyan kadın içeri girdi. Erkeklerin sakallısı, kadınların birini muayene ediyor. Madamın da zoru dizlerinde. Üç sene evvel tifo olmuş.

*
* *

"Operatör .... Paşa'nın odasındayım. Demin bir röntgen resmi aldırdım.

"Bu oda bir müstatil. Sağda kapı. Beyaz örtülü kanapeler. Bir sedefli şark usulü sigara iskemlesi. Bir sandalya. Masanın üstünde bir saat. Bir yazı takımı, iki bardak gül, sahibi belli olmayan sivri siyah bir fes (galiba bizim doktorun), tampon, istampa[1], kahve fincanı, üstünde etiketi olmayan bir ilâç şişesi. Bir paket... (Operatör içeri girdi, dışarıda bir kalabalık) bir paket sigara.

"Duvarda, karşıda âdi bir ayna. Sol tarafımda, amfiteatrda yapılmış bir ameliyat resmi, yanımda bir derece, arkamda bir takvim. Kapıya yapıştırılmış bir sömestr kâğıdı, İstanbul'u bugünkü güzel haline getiren .... Paşa'nın odası.

"Operatör bana doğru geldi:

"- Otur oğlum, otur! Ne yazıyorsun?

"- Yalnız canım sıkılmasın diye bu odada gördüklerimi.

*

* *

"Kapının dışında kalabalık. Sesler.

"Operatör ayağa kalktı ve kapıya giderek durdu.

"Talebe haykırışıyor:

"- Derse gelecek misiniz efendim?

"Operatör öfke ile bağırdı:

"- Beni istemiyorsanız, idareye söyleyin, başkası gelsin. O, paşa ise ben de beyim.

"- Hayır efendim, estağfurullah! sesleri.

"- Yok... Her şeyi franşman[2] yapmalı, değil mi ama canım.

---

[1] **istampa:** Damga.

[2] **franşman:** Açık açık, açıkça, içten.

"Operatör itidalini kaybetmişti. Odaya döndü. Yanlışlıkla kanapenin koluna oturdu. Kapıda duran bir talebeye bağırdı:

"- Meselâ sana 'Kal' nedir? diye sorsam, bilmezsin.

"- Burada elbette bilmem, efendim.

"Cevaptaki cür'ete şaştım. Fakat şu 'Kal' bahsinin ne olduğunu bizim doktordan soracağım. Dizim alçıya konacak galiba.

*

* *

"Gardayım. Tren bekliyorum. Vaziyet fena. Operatör uzun uzadıya dizimi, röntgen camlarını muayene etti. Müthiş acılar geçirdim. Karar şu: Teşhis evvelâ kat'iyyen Arthirite Tuberculeuse. Tedavi: Evvelâ kat'iyyen koltuk değneği. Kat'iyyen ameliyat, alçı. Eski facialarıın tekrarı. Kat'iyyen arka üstü uzanmak. Kat'iyyen bünyeyi kuvvetlendirmek. Operatöre kalsa ameliyat bir hafta içinde yapılacak. Bereket benim doktor:

"- Gidiniz, dedi. Erenköyü'nde istirahat ediniz, ama tam istirahat: Hem diziniz, hem ruhunuz... Biraz toplanınız... On-onbeş gün geçebilir...

"Nüzhet'e bunları anlatacak mıyım? Hayır! Hatta bu not defterini de saklıyacağım. Belki eline geçer, okur. Ona ve onlara diyeceğim ki 'İstirahat lâzım, belki sonra küçük bir ameliyat. Dizim iyidir.' O kadar.

"Gişeler açılmıştır. Bir davranalım bakalım."

Küçük Bir Münakaşa

Nüzhet'in saadetinden bahsedildi.

Paşa bana sordu:

- E... Doktor Ragıp'ı nasıl buldun, bakalım?

Bu sualin ehemmiyetini derhal anladım: Ciddî bir danışma. Ben küçükken bile bazı fikirlerime ehemmiyet veren Paşa'nın artık bugünkü düşüncelerimden kendine göre amelî neticeler çıkaracağını biliyordum.

- Sevimli adam.

Dedim ve durdum. Sözlerimi tanzim[1] ediyordum.

- Başka? Başka? dedi.

Kapıdan çıkmak üzere olan yengemin piyano üstünde bir şey aramak bahanesiyle odada kaldığına ve benim cevabımı beklediğine dikkat ettim.

- Başka? diye biraz düşünür gibi yaptım. Cevaplarım hazırdı.

Devam ettim:

- Kurnaz bir adam. Hilekâr demiyeceğim, aleyhinde bulunmak istemem, fakat basit bir insan.

- Ne gibi?

- Yalnız menfaatlerini sayacak kadar hesap biliyor.

- Pekâlâ... Bu adam...

Paşa durdu, yengeme bakıyor, kararını vererek devam etti:

- Bu adam bir kızı mes'ut edebilir mi?

- Basit bir kızı mes'ut edebilir.

- Meselâ bizim Nüzhet'i mes'ut edebilir mi?

Ciddî bir muhakeme yapar gibi sustuktan sonra, cevap verdim:

---

[1] **tanzim:** Sıralama, eşyaları belli bir düzene sokma.

- Hayır!

Hâlâ piyanonun üstünde bir şeyler arar gibi yapan yengem, biraz şiddetli bir hareketle bana döndü:

- Niçin? dedi.

Teşhisinden emin bir doktor sükûnetiyle cevap verdim:

- Çünkü, Nüzhet'in birçok arzuları vardır ki o adam anlıyamaz.

Yengem, vücudunun birçok parçaları asabiyetle kımıldanarak, sesini yükseltti:

- Ne gibi arzular? Bir genç kız ne isterse bu adam yapabilir: Rahat ettirmek, giydirip kuşatmak, iyi muamele etmek...

- Hayır yenge! Bir genç kızın istediği şeylerin bu, binde biri bile değildir. Devir değişti. Hele Nüzhet sefalet görmüş bir kız değil ki, rahat etmek, iyi giyinmek onun için bir saadet olsun. O, zaten rahat. O başka şeyler ister.

- Ne ister?

- Kendine yakın bir insan ister. Koskoca bir doktorla anlaşamaz. Bu adam Nüzhet'ten on altı yaş büyük.

Yengemin daha fazla sinirlenmesinden çekinerek bahsi kestim:

- Fakat bunlar benim ilk görüşlerim. Siz o zatı daha evvelden tanıyorsunuz, daha iyi bilirsiniz.

Bütün bu konuşuşumda, kendimden ummadığım bir itidal, kendileriyle münakaşa edilmeyecek kadar haklı adamların itidalini göstermiştim. Paşa bir iki kısa kahkaha ile bana taraftarlığını ilân etmişti.

Yengem, piyanonun üstünden rastgele bir şey alarak dışarı çıktı. Bu aldığı şeyi sofada elinden atarak parçalaması bile mümkündü. O kadar sinirli bir yürüyüşü vardı.

Paşa ile aramda bir sükût oldu. Bu köşkün bütün kaderi bu sessizliğin içinde idi, benim kaderim de. Bunun vehametini hissediyordum. Hiçbir şey söylemeye cesaret edemedim.

Paşa mırıldandı:

- Nüzhet senin kardeşin. Onunla beraber büyüdünüz. O senin kardeşin!

Birdenbire hiç beklemediğim bu sözler karşısında hayretimi gizlemedim. Bu bir ihtar! Her şeyi bilen bir adamın ihtarı.

Büyük bir cesaretle sordum:

- Yani?

- Sen onun iyiliğini istersin ve rastgele evlenmesini arzu etmezsin.

Te'vil[1] mi ediyordu? Tasdik ettim.

Mikrop

Belki de bu, köşkte son gecem.

Doktorun kat'i istirahat emri üzerine çoğalan bir ihtiyatla merdivenleri ağır ağır iniyor, pansumanımı yaptırmak için eczaneye gidiyordum.

Aşağı katta yemek odasının önünden geçerken sert ve yüksek sesli bir münaşaka duydum ve derhal benden bahsediliyormuş gibi kulak kabarttım; Nüzhet'le annesinin sesi:

- Anne (diyor Nüzhet, kendini bir mahkeme karşısında hararetle müdafaa edenlerin acı sesiyle) bana söyleme bunları... İşitmek istemiyorum.

- İşit! İşitmelisin! Canını sokakta mı buldun? Maazallah... (Ses yavaşlıyor ve kelimelerin hepsini duyamıyorum.) Mikrop. Sonra.. çekersin (Ses artıyor). Anladın mı? Çekersin!

---

[1] **te'vil:** Söylenen söz ya da davranışı, ilk söylendiği anda kastedilen anlamdan başka bir anlama çekme.

- (Şiddetli) Anne! Ben vallahi (Ses azalıyor) değil.. (Ses artıyor) vallahi yaklaşmıyorum, vallahi uzak duruyorum.

- (Yüksek) Şakası yoktur kızım, mikrop bu...

- (Sinirli) Bana söyleme bunları...

- (Alçak sesle)... Ayırttım... Çatalına kaşığına işaret... (Yüksek sesle) Evin her tarafı mikrop...

Daha fazla dinlemek istemeyerek yürüdüm, hızla köşkün bahçesinden çıktım; eczaneye gitmek istemedim ve evvelâ istasyonda bekleme odasında oturdum.

Benden bahsedilmediğine emin olmak için öteki ihtimallerin hepsini arıyor; fakat bir tane bile bulamıyordum; "mikrop" kelimesini hatırladıkça âdeta ismim söyleniyormuş gibi, ancak benden bahsolunduğunu anlıyordum. Pek mümkün ki, yengem Nüzhet'le benim aramdaki mesafeyi çoğaltmak için hastalığımın sirayeti[1] ihtimalinden istifade ediyordu.

İçimde anî bir karar doğdu.

Kendini tatbik ettirmek için muhtaç olduğu büyük enerjiyi de beraber taşıyan bu kararı vakit kaybetmeden fiile geçirmek istedim. Zira onun en kuvvetli düşmanı zamandı.

Hemen, o akşam evime dönmeye karar vermiştim.

Pansumanımı yaptırdıktan sonra, köşktekilere bu anî kararı, tabiî göstermek için, güzel bahaneler arayarak yürüyordum.

Henüz akşam olmamıştı. Köşke girdim. Evvelâ salona çıktım. Paşa orada. Nüzhet piyano çalıyor. Ben girince kalktı. Ona hiç bakmadan Paşa'ya doğru yürüdüm ve hemen kararımı söyledim:

- Müsaade ederseniz ben bu gece eve gideceğim.

Sebep olarak, Erenköy eczanesinde pansumanların iyi yapılmadığını söylüyordum. Paşa'nın canı sıkıldı. Hiç ol-

---

[1] **sirayet:** Yayılma, dağılma, bulaşma, genişleme.

mazsa ertesi gün gitmemde ısrar ediyordu. Ben de ısrar ettim.

Fakat Paşa âdeta emretti:

- Yarın gidersin!

Derin bir kederle karışık ince bir sevinçle kabul ettim. Nüzhet hiçbir şey söylemiyor ve bu sükûtiyle, beni anlayan tehlikeli bir mahlûk gibi görünüyordu.

Piyanosuna devam etti.

Odaya Erenköy akşamları doluyordu. Her şeyin uzaklaştığı saat. Güneş ve renkler çekiliyor. Odada madenî eşyanın donuk parıltısı. Her şeyde bir iç çekilişi, bir sönme, bir hafifleme var. En katı cisimler bile eriyor ve Erenköy bayılıyor.

Başımı arkaya salıveriyorum. Teslimiyet. Biraz evvelki azimkâr[1] hamlenin tersi. Nüzhet'in çaldığı havanın neş'eli ritmini duymuyor, yalnız melodideki elemi duyuyorum.

Köşke bu defa gelişimdeki ilk günü hatırlıyorum ve bana o gün başlayan bir hikâye, bugün bitiyormuş gibi geliyor.

Belki de bu, köşkte son gecem.

Nüzhet'e bakıyorum. Sade beyaz elbise ve piyanonun beyaz tuşları üstünde ağırlaşan eller. O da parçanın neş'eli ritmini kaybediyor. Ve beyaz elbise, beyaz tuşlar, eller kararıyor.

Gece.

Paşa'nın sinirli sesi:

- Lâmba!

---

[1] **azimkâr:** Kararlı, sebatlı, azimli.

Kozmopolitlerin Hücumu

Ellerinde siyah boyalarla gezen mukaddes adamlar.

Ertesi gece de beni köşkte kalmaya mecbur eden bir sebep çıktı: Annem geldi.

Gece sofra kalabalıktı. Yengemin daveti üstüne, doktor Ragıp'la annesi de yemeğe misafir gelmişlerdi.

Ben, Nüzhet'in yanında oturuyordum ve basit mevzular içinde konuşulan şeyleri dinlemiyor, söze karışmıyordum.

Bir aralık ismimin geçtiğini duydum ve başımı kaldırdım. Ragıp Bey bana bakıyordu:

- Siz ne fikirdesiniz, efendim? dedi.

Konuşulan şeyi takip etmediğimi bildiren bir hayret gösterdim. Paşa anlattı:

- Ragıp Bey diyorlar ki, İstanbul'da, gece yarıları, üçer beşer kişi, ellerinde birer kova siyah boya ile sokakları dolaşıyorlarmış ve nerede Fransızca bir ibare[1] görürlerse derhal siyahla kapatıyorlarmış. Sen ne dersin? Almanlara yaranacağız diye kırk yıldır öğrendiğimiz lisanı bize unutturamazlar ya!

Mevzuyu beğendim. Kime yaranmak olursa olsun, güzel Türkçe dururken, sokak levhalarına, tabelâlara Fransızca ibareler yazılmasına aleyhtar olduğumu söyledim. Paşa ve doktor, basit kozmopolit fikirleriyle bana hücum etmeye başladılar. Paşa, Fransızlar'a sevgisini içtimaî[2] bir akide[3] seviyesine çıkarmak için nafile yoruluyor. Fransa'nın bizim

---

[1] **ibare:** Bir düşünceyi anlatan, bir veya birkaç cümleden meydana gelmiş söz.

[2] **içtimaî:** Toplumsal, sosyal.

[3] **akide:** İnanç, itikat.

kültürümüz üstündeki tesirlerine dair alelâde Tanzimat fikirlerini sıralıyordu. Doktorun samimi olup olmadığını bilmiyordum, fakat onun bütün delili, Türkçenin kifayetsizliğini iddiadan ileri geçmiyordu. "Reçetelerimizi bile Fransızca yazıyoruz," diyordu.

Ben, o zamanın fikirleriyle bu iki adamdan fazla mücehhez[1] olduğumu anlamanın nefse itimadiyle, kuvvetli müdafaa ediyorum. Fakat sofrada en son hükmü verecek yüksek bir efkâr-ı umumiye[2] yoktu. Benim mücerret [3]nazariyelerime karşı muarızlarımın[4] müptezel[5] teşbihler[6] ve müşahhas[7] delillerle müdafaa ettikleri tez, bu cahil efkâr-ı umumiyeyi aldatabilirdi. Benim en zayıf tarafım bu idi. Biraz Nüzhet'ten ittifak bekliyordum. Aksi oldu. Nüzhet de şiddetle muarızlarıma katıldı.

Ben, kuvvetlerimin yekûniyle münakaşaya girdim ve şahlandım. O derece ki Paşa bana çok kızıyor ve tecrübesizliğimden, cehaletimden başlayarak, izzet-i nefsimin daha derin taraflarına kadar hücum ediyordu.

Münakaşa tehlikeli bir şiddet aldı. Paşa'nın yüzü kıpkırmızı olmuştu. Boğazına sıkıştırdığı havluyu bollatıyor ve bastırıyordu. Ben de rengimi kaybetmiş olacaktım.

Kadınların gözlerinde korkunun ve endişenin kamaşmaları vardı. Birdenbire susmayı tercih ettim. Paşa sathî zaferini teyid eden birçok tafrafuruşluklar[8] ediyordu.

Beni susturan şey nefretimdi. En basit içtimaî dâvaları anlamayacak kadar yabancı tesirler altında şahsiyetlerini

---

1 **mücehhez:** Donanmış, hazırlıklı.

2 **efkâr-ı umumiye:** Kamuoyu.

3 **mücerret:** Soyut, yalın, çıplak.

4 **muarız:** Karşı çıkan, muhalif.

5 **müptezel:** Bayağı, ucuz, değersiz.

6 **teşbih:** Kıyas etme, benzetme.

7 **müşahhas:** Somut.

8 **tafrafuruşluk:** Yüksekten atıp tutmak.

kaybeden bu insanlarla münakaşaya mecbur olmanın küçüklüğünden muzdariptim.[1] Türkiye'de ecnebi mekteplerin kuvvetli silindirleri altında yamyassı olan bu kafaların kesilmesinden başka çare görmüyordum. Ecnebi mekteplerini işgal suretiyle manevî kapitülasyonları kaldırdığı için hükûmeti beğeniyordum. Bu mekteplerin benim aşkımda rol oynayacak kadar ileri gideceklerini evvelce tahmin edemediğim halde.

Sofradaki münakaşanın çirkin bir çocuğu doğdu: Sükût. Ruhlar acılaşmıştı ve güzel bir mevzua girilemiyordu.

Ben salondan erken çıktım ve yattım.

Uyuyamadım, ağrılarım arttı, fakat ruhî azabıma nisbetle çok asil, sade ve saf olan et ıstırabımı o gece sevdim.

Korkunç Yarın

Artık bir kelime bile konuşmuyoruz.

Yengemin anneme ısrarı üstüne köşkte birkaç gece kalmaya mecbur olmuştuk.

Fakat her şey değişti. Münakaşa gecesinden sonra Nüzhet'le dargın gibiydik. Ne geceleri havuz başında buluşuyor; ne gündüzleri kükürt serpmek için bağa gidiyorduk. Paşa'ya roman da okuyamıyordum, kitap yarıda kalmıştı.

Uzviyetim[2] de fena halde idi: İştahım kaçtı. Yaralarım fena. Ağrılar çoğaldı. Pansumanımı yapan eczacı bedbin müşahedelerini benden gizlemedi. Rengim de soluyordu.

Beni köşkte birkaç gün daha kalmaya mecbur eden annemin gelişi, bütün bu felâketlerin başlangıcı olmuştu. Köşkün derinliklerinde cereyan eden ruhî bir trajediden

---

1 **muzdarip:** Izdırabı, sıkıntısı olan.

2 **uzviyet:** Canlılık, organizma.

haberi olmayan bu kadın, yengeme her fırsatta doktor Ragıp'ı medih de ediyordu.

İstikbalime dair içimden fena işaretler almaya başladım. Üstüme devamlı bir melânkoli[1] çöktü, her an susturan ve sarartan o derin elemlerden biri ki, beni kendi içimden de uzaklaştırıyor, ruhumu haritasını bilmediğim ıssız adalara götürüyor, beni kendi hudutlarımın dışına sürüyordu.

Bir gün, yukarı sofa balkonunda oturuyor, bağlara bakıyordum. Haziran. Öğle vakti. Erenköy yanıyor. Erenköy terliyor. Dizlerimi güneşe uzattım. (Benim doktorun tavsiyesi.)

Taze ve canlı yeşilini kaybeden bütün tabiatta ilkbaharın uzaklaştığını görüyorum.

Kendisine daima gıpta[2] ettiğim bahçıvan, aynı nokta üstündeki ısrarından yorulmuyor ve isyansız gayretiyle, bana bir bahçede uğraşmak sevgisini telkin ediyor. Fakat bir taraftan da beşerî ihtiraslarımızda yenildikçe tabiatı özlediğimizi, ondan biraz kuvvet alınca yeniden büyük kavgaya girişeceğimizi anlamıyor değildim ve aspirin gibi muvakkat[3] bir ilâçtan fazla tabiata kıymet vermiyordum, ümitsizliğimin son dereceye gelmesi biraz da bundandı.

Arkamda Nüzhet'in sesini işittim:

- Burada mısın?

- Zannederim.

Gülmedi. Sesimin perdesi belki mâni olmuştu. Yaklaştı ve oturduğum koltuğun arkasına elini koydu. Birbirimizi görmeden konuşuyorduk.

- Artık Erenköyü'nden bıktım, dedi.

Samimi olsaydım ben de aynı cümle ile söze başlayabilirdim; derhal iştirak ettim:

---

[1] **melânkoli:** İç darlığı, sebepsiz ve sürekli hüzün hali şeklinde görünen hastalık.

[2] **gıpta:** İmrenme, özenme.

[3] **muvakkat:** Belirli bir zaman süren, geçici.

- Ben de bıktım.

-Sivrisinekleri bile.. yeknesak.[1] Anlıyorum ki burada her gün, her gece çok benziyor birbirine.

- Pek.

Nüzhet'in yeknesaklıktan bu şikâyeti, fena isteklerin başlangıcı mıydı? Yoksa birkaç günkü dargınlığımızın bir genç kız ruhunda açtığı his boşluğundan yorulması mı? Bende her zaman derunî[2] mücadeleyi teşvik eden bu türlü dargınlıklar, kendi kendisiyle didinmekten hoşlanmayan Nüzhet gibi tabiatlarda bütün ruhî faaliyetlerin durgunluğuyla ve can sıkıntısıyla neticelenebilirdi.

Ona, serbest olsaydı Erenköyü'nden başka nereye gidebileceğini sordum. İlk tahminimi kuvvetlendiren bir cevap verdi:

- Serbest olsaydım, Berlin'e kadar giderdim.

Mühim cevap. Nüzhet değişiyor. Doktor Ragıp'ın vaadi. Nüzhet'te yeni arzular...

- Niçin, Berlin'den başka yer değil? diye sordum.

Cevap vermeden evvel söyleyeceği şeyin tuhaflığına güldü:

- Çünkü ben coğrafya bilmem. Kolayca hatırıma gelen memleket ismi Berlin.

Berlin'e gitmek elinde olduğunu söyledim. Neyi ima ettiğimi anladı. Sustu. Belki de bu bahsi açması bana bu darbeyi vurmak içindi. Hedefini gayet iyi bulmuştu.

Susmaya devam etti. Uzun bir sükût. Dakikalar geçiyor. Her an birbirimizden biraz daha uzaklaşıyoruz. Konuşursak, birbirimize bunu hissettirmekten başka bir şeye yaramayacak. Bunun için susuyoruz. Ne onda bu büyük mesafeyi atlamak ve ötekinin yanına varmak isteği, ne bende kuvveti var. Bu sessizlik içinde zaman aramızdan bir düşman gibi geçiyor.

---

1 **yeknesak:** Tek düze, biteviye, tek örnek, monoton.

2 **derunî:** İçten, gönülden, ruhsal.

Nüzhet balkonun parmaklığındaki sarmaşıklardan kopardı, sonra aşağı indi, bahçıvana seslendi, gene doğruldu, etrafına bakındı. Aramızdaki sessizliğe hareketleriyle hücum ediyordu.

Ben kımıldayacak halde değildim. Kanım sönüyor. Damarlarımın ince yollarında haşhaşlı bir hava yürüyor ve bütün adalelerim uyukluyor; içimde büyük bir enerjinin ölümünü duyuyordum.

Onunla aramızda her şey o kadar bitmiş ki bir kelime bile konuşamıyoruz.

Balkondan çıkıp gitti.

Ayak seslerinin uzaklaşmasını dinliyordum. Son. Bir şimendifer düdüğü. Keskin, acı ötüyor. Hayatımda büyük bir devrin kapandığı, korkunç yarına ilk adımı attığım an. Felâketlerimin başladığı saniyeyi tanıyorum. Hiç aldanmam.

TEHLİKE

Felâket daha o gece başladı.

EVİMİZE geldik. Felâket daha o gece başladı. Uyutmayan müthiş bir sancı. Kıvranıyorum. Gece yarısından sonra annemi uyandırdım. Sıcak pansumanlar (faydasız). Dehşetli ifrazat. Sargılar dayanmıyor. Birkaç saat içinde fevkalâde zayıflıyorum, yanaklarım çöktü. Sararıyorum.

Sabahı zor ettim. Komşumuz bir arkadaşı çağırttım. Hemen bir araba. Köprü, vapur. Kamarada etrafımı göremiyorum, arkadaşla konuşamıyorum, sancımın üstüne kapanarak tırnaklarımı avucuma geçiriyorum.

Fakültede bizim doktoru bulduk. Beni o halde görünce şaşırdı. İtidalini kaybederek birkaç kere odaya lüzumsuz yere girip çıktı. Operatör derste imiş ve beklemek lâzımmış. Bayılmak derecesine geliyorum. Öteki asistanlar da koştular. Suya eter damlatarak içiriyorlardı.

Doktor Mithat bir arkadaşına rica etti:

- Hastayı ikinci hariciye polikliniğine götürelim. Yarayı açarız, operatör gelinceye kadar... Fakat yürüyemeyecek. Bir sedye.

Sedye ile taşındım. Bahçeden geçiyorduk. Doktor ve arkadaşım başucumda yürüyerek soruyorlardı:

- Rahat mısın? Acıyor mu?

Poliklinikte masaya uzatıldım. Uykuya ve baygınlığa benzer bir uyuşukluk içinde gözlerimi kapadım. Ağrı sağırlaşmıştı. Hattâ bacağımın hangi noktasında olduğunu anlamadığım derin sızılar. Kulaklarım uğulduyor.

Samiamın[1] karanlıkları içinde mâhut[2] sesler. Madenî âletlerin camlar ve tepsiler içinde çıkardıkları ince, kırık sesler. Etrafımdakilerin telâşlı ve ehemmiyetli konuşmaları.

Sargıların çözülüşünü gayet az duyuyordum.

Mithat Bey elimi tutuyor:

- Şimdi güzel bir pansuman yaparız, acıtmayız, ilâç koyarız, ağrı diner.

Herkes benimle meşgul. Şivesterler[3] beyaz hayaletleriyle etrafımda geziniyorlar. Asistanlardan biri, Fransızca anlamadığıma hükmederek; "Tumeur blanche"ların ekseriya bol akıntılarla ciğer veremi tevlit edebileceğini anlatıyor. Mithat Bey ona susmasını ihtar etti.

Ancak bir parmak temasından sonra dizimin açılmış olduğunu hissettim. Deri, hassasiyetini kaybetmişti.

Bütün asistanlar dizimin üstüne eğildiler. Vahametten başka bir şey ifade etmeyen küçük sesler çıkarıyorlardı.

Ağrı dinmişti. Ancak, mafsalda bir hareketle başlıyordu.

Asistanlar birdenbire doğruldular. Operatör içeri girmişti. Beni gördüğü halde bir kelime söylemeden musluğa gitti. Ellerini temizliyordu.

Masama yaklaştı ve dizime uzaktan bakarak yüzünü buruşturdu. Asistanlar beni nasıl bulduklarını, geceki ıstırabımı, ifrazatın pantolona çıkacak kadar şiddetli olduğunu, sedye ile taşındığımı anlattılar.

Operatör hiç kımıldamadan yaraya bakıyor, belki hiçbir şey görmeden, düşünüyordu.

Bir kelime söyledi:

- Fena.

Sonra bana baktı:

---

1 **samia:** Kulaktaki işitme gücü.

2 **mâhut:** Bilinen, belli olan.

3 **şivester:** Hemşire.

- Geçen gün böyle değildin. Sözümü dinlemedin, bak ne oldu! Başımıza büyük işler açıyorsun! Ben sana bu ayağı yere basma, dedim, sen inadına koşulara girmiş gibi harap etmişsin. Şimdi dizin değil, bütün bacağın tehlikede.

Ağzımdan bir inilti çıktığını duyunca:

- Fakat çalışacağız... diye teselli etti.

Asistanlara döndü:

- Pansumanı bitiriniz. Röntgene götürsünler... Doktora benim tarafımdan söyleyin; vak'a mühimdir, gayet mükemmel bir radiyografi lâzım...

Mithat Bey'e hitap etti:

- Akrabanızdan mıdır?

- Onun kadar yakın.

- Azami dikkat, azizim... Fistülleri görüyorsunuz. Bu hale gelen bir bacak tababeti[1] korkutur... Röntgen yapılsın... Bir de bizim pavyondan bir koltuk değneği verilsin... Yenisini tedarik edinceye kadar bu ayak yere basmamalıdır. Kat'i istirahat. Günde birkaç kere pansuman. Bünyeyi takviye. Hasta çok zayıf. Bunlar yapılmazsa ben bu gence bakamam. Nafile çalışmış oluruz.

Evvelâ koltuk değneği geldi. Kullanmasını beceremedim. Öğrettiler. Bununla attığım ilk adımlarda başım dönüyordu. Bir koluma arkadaşım, ötekine Mithat Bey girdi.

Röntgen kalabalıktı. Fakat Mithat Bey beni tercih ettirdi. Yedi sekiz resim çektirdi.

Hayatımız hemen her gün beraber geçtiği halde benimle hastahaneye ilk defa gelen arkadaşım, hayretten ve teessürden katılmış bir halde idi. Hiçbir şey söylemiyordu.

Koridorlardan geçerken herkes, bilhassa talebe bana bakıyordu. Hattâ Mithat Bey birkaç meraklıya izahat verdi.

Bahçeye çıktık ve biraz oturduk. Arkadaşım, hastalığa dair doktora birçok şeyler soruyordu.

---

1 **tababet:** Tıp bilimi, doktorluk.

Ben biraz açılmıştım. Günün ilk tebessümü bahçede oldu. Bu, arkadaşıma ve doktora kahkahalı bir neş'e verdi. Istıraplarımı benimle beraber yaşamış olduklarını bundan anladım ve teselli buldum.

Fakat doktorun neş'esi çabuk kaybolmuştu. Düşünceli duruyordu. Benim de içimde korkular büyüyordu ve doktora kuvvetli teselliler isteyen sualler sorduğum halde, zayıf vaitlerden başka bir cevap alamıyordum.

Bir Düstur[1]

"Az ümit edip, çok elde etmek."

Evimiz birdenbire kalabalıklaştı.

Dostlar, komşular ve akraba gelip gidiyordu. Ben minderde uzanmıştım ve mukadder suallere verilmek için ezberlediğim cevabı her gelene, her sorana tekrar ediyordum.

Bir ferdin ıstırabı etrafında uyanan içtimaî alâka beni teselli ediyordu.

Büyük bir askerî hastahanede çalışan bir hastabakıcı kadın ahbabımız bile muntazaman her gün uğruyor, pansumanlarımı yapıyor, harp yüzünden pahalılaşan pamuk ve gaz bezi gibi şeyleri hastahaneden getiriyordu.

Beni bir gün çalıştığı o hastahaneye götürdü ve bir Alman operatörüne gösterdi. Karanlık bir seririyatta[2] alelacele dizime bakan bu Alman, yanlış bir teşhis koydu. Aynı hastahanede başka bir genç Türk doktoru, hastalığıma çok alâka gösterdi ve yeni bir tedavi ile, Türkiye'de bulunmayan bir ilâcı mafsala zerkederek[3] beni kurtaracağını söyledi. Yirmi gün bu doktora inandım ve mafsala sokulan de-

---

1 **düstur:** Genel kural, kaide, kanun.

2 **seririyat:** Klinik.

3 **zerk etmek:** Sıvıyı şırınga ile vermek, akıtmak.

mir borular içinde ilâcın sıkılmasına baygınlıklar geçirerek dayandım.

Aile, akraba, arkadaşlar, beni her gün en büyük operatörlere götürüyorlardı. Halbuki bu mütehassıslar hep, beni yedi seneden beri, kaç kere görmüşlerdi, hepsi:

- Aman bu bacak ne hale gelmiş?

Diye şaşıyorlardı. Muhitimin telâşından anlıyordum ki, hastalığımda bana söylenmeyen bir tehlike var.

Hatta gene akrabamdan münevver ve zeki bir adam bana dedi ki:

- Sen bu hastalıktan mânen rahat etmek istiyorsan, bacağının tamamiyle kesilmesine kadar her felâketi göze al. Ne kurtarırsan seni memnun eder.

Ve bana Goethe'nin bir safsatasını telkine çalıştı. "Az ümit edip çok elde etmek hayatın hakikî sırrıdır."

- Beni mânen büyük bir felâkete mi hazırlıyorsunuz? Bir şey mi biliyorsunuz?

Şüphemi arttıran zayıf bir inkâr ile cevap verdi:

- Yo... Hayır... Sana, ruhî mekanizmanı idare edebilmek için âdeta riyazî[1] bir düstur veriyorum.

- Bacağımın tamamiyle kesilmesi ihtimali olabilir mi?

- Her şey mümkündür. Hattâ senin değil, benim bacağımın bile yarın herhangi bir ârıza ile kesilmesi mümkündür.

Ancak bu türlü mantık oyunlarıyla teselli bulmayacak kadar, hastalığın bana verdiği acı derslerle gözüm açılmıştı.

Günlerim endişe içinde geçiyordu ve ameliyata hazırlanmak için bünyemi kuvvetlendirmeye çalışıyordum.

---

[1] riyazî: Mamtematikle ilgili.

Üçüncü Hâlet[1]

Ümitten, aşktan ve tembellikten mürekkep bir hararet.

İçinde hafif bir kemik ağrısının duman gibi gezindiği yarım karanlık, yarım şuurlu, birbirlerini gayet ehemmiyetsiz bir münasebetle takip eden, hepsi gerçek ve hepsi abes[2] birtakım hayaller; uyku ile uyanıklık arasındaki ayırıcı perdeyi fasılasız dalgalandıran ve ruhun bir yarımını rüyada eriterek öteki yarımını hakikatle temas ettiren üçüncü bir hâlet.

Mehtaplı bir denize dalan adamın suyun içinde göz kapaklarını yalayan garip ışıklar, kulağını dolduran garip uğultular... Bunların arasında Nüzhet'in bin şekilde görünüşleri.

Bazı gayet açık hatırlanacak ve kâğıda yazılacak kadar berrak, muntazam, fakat söyleyeni de, dinleyeni de meçhul cümleler; bazı da rüzgârda savruluyormuş gibi bu kelimelerin birbirinin altından, üstünden sıçrayarak, uçuşarak, boşlukta hızla dönmeleri.

Sonra Nüzhet'in vücudu meydanda olmadığı halde, yalnız kokusunun ve sesinin beşerî bir şekil alması, meçhul unsurlarla mücadeleler, şekilsiz uçurumlar içinde yükselip düşüşler. Bazı bir isteğin gerçekleşmesi. Yaprakları servi kadar yüksek bir bağda, siyah-yeşil bir gölgelikte Nüzhet'le kucaklaşarak yerde uzanmak ve Nüzhet'in kulağımın dışından değil, içinden gelen sesi ve aydınlık bir konuşma:

- Berlin'e ne vakit gideceksin, Nüzhet?

---

1 **hâlet:** Durum, vaziyet.

2 **abes:** Akla ve sağduyuya aykırı, lüzumsuz.

- Bu gece sabaha karşı. Çünkü bu gece gitmezsem, altı sene tren yok.

Sonra bütün bir hayatın dağınık unsurları, birbiriyle alâkasız, hastahane âletleri, sedyeler, bahçıvanın kazması, bir borazan, arkadaşımın hayretle açılan gözleri; ve bir gözünün büyüyerek bir bardak suya istihalesi... Bir kemik üstünde testere, bir haykırış, cam sesleri, alelâde bir cümlenin bir tabur insan tarafından söylenişi gibi bir harıltı.

Ve bütün bunların arasında, bazı bir duman gibi hafif, bazı da yuvarlak bir cisim gibi sert, gezinen, arada bir şiddetlenen kemik ağrısı. Dudaklarımda Nüzhet'in dudaklarının tadı.

Ve en garibi, gözlerimi açıp uyandığıma emin olduğum halde, kendimi Erenköyü'ndeki odada yatıyorum zannetmem. İşte başımın ucunda dolap, şamdan. İşte oda kapısını görüyorum, gayet sarih.[1]

Hattâ rüyada olup olmadığımdan şüphe edecek kadar da zekâm var, hattâ bu şüphe ile beş hassamı[2] tecrübe ediyorum: Gözlerimi açıp kapıyorum (hep aynı oda). Kulak veriyorum. (Erenköy mırıldanıyor.) Yorganımı tutuyorum, yutkunuyorum, kokluyorum.

Ve kapı açılıyor, Nüzhet koynuma giriyor. Beni öpüyor, ağlıyor, teminat veriyor. Şüphe ediyorum, yatağın içinde oturuyoruz, başımı dizine koyuyorum, okşuyor, okşuyor.

Fakat omuzuma bir el dokunuyor. Gözümü açıyorum ve kendimi evimdeki odamda görüyorum, karşımda doktor Mithat. Bunu rüyamda zannediyorum, hakikata inanmıyorum, gözlerimi derhal kapıyor ve kendimi Erenköyü'ndeki köşkte buluyorum. Fakat Nüzhet kaybolmuş.

Omuzumdan sarsıyorlar, kulağımda bir ses:

- Benim, ben, Mithat...

---

1 **sarih:** Kolayca anlaşılabilir, açık, belli.

2 **hassa:** Bir kişiye veya nesneye özgü olma durumu.

Gözlerimi iyice açıyorum ve evimde olduğumu görünce içimi bir keder basıyor; hele doktor Mithat'ı görmek bana bütün felâketlerimi hatırlatıyor, teessürümü gizleyemiyorum, doktor bundan alınmış görünüyor.

*
* *

- Kalkınız! Dokuz vapurunu kaçırmayalım, sonra operatörü bulamayız. Bugün en müsait gün. Kalabalık yok. Sizi iyi muayene eder.

Kımıldanmak istemiyorum. Yatağımın harareti, ümitten, aşktan ve tembellikten mürekkepmiş gibi vücudumu çekiyor.

Doktorun elinde saat.

Telâşını bana göstermek için mübalâğalı bir asabiyetle dolaşıyor, kalkmaya razı olduğumu anlayarak dışarı çıkıyor.

Kalkıyorum.

Yağmurlu gün.

Ve gayr-ı şuurumdan[1] kapalı bir telgraf, açmaya korkuyorum, günümün nasıl geçeceğini düşünmüyorum.

Dizimin ağrısı, beni o anın hayatı içine sokuyor.

Mısralar

Hep samt ü râşe saklı...

Haydarpaşa'ya kadar giderken arabadan vapura, vapurdan arabaya binmek bile beni son derece yormuştu. Bacağım çok ağrıyordu. Fakültede operatörü bulamadık. Henüz gelmemişti, beklemek lâzımdı. İkinci hariciye polikliniğinin önü hastalarla dolu, oturacak bir yer yok.

---

[1] gayr-ı şuur: Bilinç dışı.

Bahçeye çıktık. Ben bir duvar dibinde kalasların üstüne oturdum. Mithat Bey, mektepte işleri olduğu için beni bir müddet yalnız bıraktı.

Dermansız, bitik, baygın bir halde idim. Başım dönüyor, gözlerim kararıyordu. Fakat büyük kapıya bakıyor, operatörün gelmesini sabırsızlıkla bekliyordum.

Mithat Bey de görünmüyordu.

Bütün vücudum titriyordu. Bir yere uzanıp dinlenmezsem kalasların üzerinde bayılacağımı sanıyordum.

Büyük kapıdan üç kişi girdi. Konuşarak yürüyorlardı. Ortadakini operatöre benzettim ve ayağa kalktım. Titreyerek yolları üstünde durdum. Gözlerim kararıyordu. Elimde tuttuğum röntgen camları kutusunu uzatarak ölgün bir sesle:

- Camlar hazır! Geldim! dedim.

Üç adam hayretle bana baktılar. Ortadaki:

- Ne camları? diye sordu.

- Röntgen.

- Bir yanlışınız olacak, ben...

O zaman, göz karartılarım arasında farkedebildim ki bu adam operatör değildir.

Büyük bir utançla geri çekildim, pavyonun duvarına kadar gittim, arkamı taşlara dayadım. Üç adam bana dönüp dönüp bakarak uzaklaştılar.

Titriyordum, bayılmamak için yumruklarımı sıkıyor, dudaklarımı ısırıyor, mevziî[1] tenebbühlerle[2] canlanmaya çalışıyordum.

Karşımda küçük bir vadinin arkasında karanlık bir saha görünüyordu. Servilikler, Haydarpaşa mezarlığı.

Sabah güneşinin parlattığı renkli bir boşluk ortasında kapkara, donuk ve geceden kurtulmamış bir tabiat parçası gibi duran mezarlığa arasıra gözlerim kayıyordu ve acı ser-

---

[1] **mevziî:** Genel olmayan, sınırlı.

[2] **tenebbüh:** Uyanma, kendine gelme, uyarım.

güzeştimle[1] bu manzara arasında gayr-i ihtiyarî[2] bir münasebet tesis ederek ürperiyordum.

O günlerde beynime Fikret'in bazı mısraları dadanmıştı; ümitsiz anlarımda, bu mısralar, benim iradem haricinde, kendi kendilerine yaşıyor ve ses veriyorlardı; onların bu şairâne tasallutu,[3] herhangi bir mürahikin iptidaî[4] "Sentimentalite"sinden[5] ziyade, hakikî ıstıraplarla dolu bir ruhî zemin bulabilmelerindendi.

O mısralar gene içimde canlandılar ve ses vermeye başladılar:

Hep samt ü râşe saklı bu vâdi-i muzlimîn[6]
Her hatvesinde[7] *şüpheli bir hufre,*[8] *bir kemîn*[9]
Hep samt ü râşe... Kaynaşıyor canlı gölgeler
Bir mahşer-i cünûn[10] *gibi pürcûş*[11] *u bîhaber.*[12]

Gidip tekrar kalasların üstüne oturdum. Artık büyük kapıya bakmaktan utanç ve korku duyuyordum. Başımı avuçlarımın içine aldım.

Denizde, dalgalar arasında boğulacağını anladıktan sonra hiçbir hareket yapmayarak kendilerini suya salıverenler ve felâketi bir an evvel isteyenler gibi kendimi bı-

---

1 **sergüzeşt:** Serüven, macera.
2 **gayr-i ihtiyarî:** İrade dışı, elde olmadan.
3 **tasallut:** Saldırı, musallat olma.
4 **iptidaî:** Gelişmemiş.
5 **sentimentalite:** Duygusallık.
6 **muzlimîn:** Karanlık, dehşetli, kara, uğursuz.
7 **hatve:** Adım.
8 **hufre:** Yerdeki kazılmış çukur, oyuk yer.
9 **kemîn:** Çok az, pek küçük.
10 **cünûn:** Delirme, çıldırma, delilik.
11 **pürcûş:** Coşku dolu.
12 **bîhaber:** Habersiz, bilgisiz.

rakmıştım. Bir şey ümit etmemenin rahatlığından başka barınacak ruhî bir köşem kalmamıştı.

Artık hiçbir şey tahmin etmiyor, hiçbir şey beklemiyordum.

Hep samt ü râşe saklı bu vâdi-i muzlimîn
Her hatvesinde...

- Vah, vah, vah! dedi Mithat Bey'in sesi.

Başımı kaldırınca onun karşımda büyük bir teessürle durduğunu gördüm.

- Sizi çok beklettim. Kimbilir ne kadar yoruldunuz. Aman kalkınız, kalkınız, içeri girelim.

Hariciye koğuşuna girdik, polikliniğin önünde hastalar azalmıştı. Doktor bana bir sandalya ve su getirtti.

Operatör gelmiş ve yukarıda ameliyat yapıyormuş.

Hademe dedi ki:

- Zavallı... O dârülmuallimînli[1] genç yok mu?.. Onun bacağı kesiliyor.

Bu korkunç tesadüf beni bitirdi. Mithat Bey de bu haberin bendeki tesiriyle mücadele edemeyecek kadar zayıftı.

Epey bekledik.

Ameliyatın bittiği haberi verilince evvelâ Mithat Bey yukarı çıktı, operatörü gördü, sonra bana gelerek:

- Haydi yukarı çıkalım, orada muayene olacaksınız! dedi.

İki basamaktan fazla çıkamadım. Hademe ile doktor kollarıma girdiler. Ameliyathanenin önündeki sofaya çıktık.

Ameliyathanenin iki kapısı da ardına kadar açıktı ve eşikte tekerlekli bir hasta arabası duruyordu.

İçinde baygın yatan bembeyaz yüzlü dârülmuallimînliyi gördüm. Artık bacağını tamamiyle kaybetmiş bulunuyor-

[1] **dârülmuallimîn:** Erkek öğretmen okulu.

du; ve henüz ayılmadığı için bu felâketten şimdilik haberi yoktu.

Felâket Tebliği

Son karar.

Ameliyathaneye girdik.

Türlü türlü kimyevî maddelerin bol bol harcanmasından gelen ağır koku ve yapışkan, kokmuş bir sıcaklık.

Yerde kanlı pamuklar ve dağınıklık.

Operatörden başka herkesin, hastabakıcıların, asistanların yüzlerinde biraz evvel iştirak ettikleri facianın dehşeti.

Bir sandalyaya oturtuldum ve camları operatöre uzattım. Kendi kendime soyunacak dermanım yoktu. Soydular, sargıyı çözmeye başladılar. Hâlâ şiddetli ağrılar.

Operatör camları ışığa tutarak tetkike başladı.

"Püü...", "Cık, cık, cık...", "Vay, vay" gibi hep bedbin sesler, heceler mırıldanıyordu.

Dizim çözülünce bir pensle, sargıyı, pamuğu yukarı kaldırarak bir göz attıktan sonra yaralara eğildi. Bir saniyeden fazla bakmadan doğruldu. Gözleri evvelâ yüzümde, vücudumda gezindi, nihayet gözlerimde durdu.

Gözlerimin içine bakıyor ve hiçbir şey söylemiyordu. Şiddetle titremeye başladım. Söyleyeceği mühim şeylerin vehametini[1] evvelâ gözleriyle haber verdiğini anlıyordum.

Ağır bir sesle sordu:

- Kaç senedir çekiyorsunuz?
- Yedi.

---

[1] **vehamet:** Tehlikeli sonuçlar doğurabilecek güç durum.

Mithat Bey'in ve etrafındakilerin yüzüne baktı; gözlerinde korkunç bir şey seziyordum.

- Bu illetten bıkmadınız mı? diye sordu.

Suali çok mânâsız bulduğum için yüzüne hayretle baktım, devam etti:

- Harap oluyorsunuz. Korkarım ki bütün hayatınız tehlikeye girecek... Bu illete bir nihayet verelim. Bu bacağı tamamiyle feda edeceksiniz, başka çare yok.

Yüzümde nasıl bir değişme görmüş olacak ki telâşla ilâve etti:

- Harp bitince bir güzel takma bacak yaptırırsınız, rahat rahat...

Daha fazla duyamadım.

Arkamda duran birinin kolları arasına düşüvermişim.

Kuvvetli bir eter kokusu içinde ayıldığım vakit, kendimi ameliyat masasına uzatılmış buldum.

Mithat Bey ıslak elleriyle alnımı okşuyordu.

Ameliyathaneyi görmemek için gözlerimi kapadım. Dizimi sarıyorlardı.

Pansuman bittikten sonra masadan indim ve kaçmak için bana gelen yeni bir kuvvetle, âdeta koşarak dışarı çıktım.

Mithat Bey:

- Aman dikkat! Bu asabiyet iyi değil! Siz metin çocuksunuz! diyordu.

Bahçeye kadar hızlı yürüdüm.

Keskin bir öğle güneşi yüzüme vurdu. Gözlerim, içine soğan suyu kaçmış gibi yandı ve kamaştı.

Mithat Bey beni kendi odasına götürdü, istirahat ettirmek istemişti.

- Aman bir araba! Artık ben burada duramam.

Dedim ve boğazımı tıkayan hıçkırıkları zaptetmek için yutkundum.

Galeyan[1]

Kendi ölümünden daha dehşetli bir ölüm.

Son günlerde etrafımı çeviren, küçük hassas cemiyetin galeyanı. Annemin gözyaşları. En uzak arkadaşlarımın ziyaretleri. Ümitler. Akrabada telâş (fakat Erenköyü'nün felâketten haberi yok; ve duymasını istemiyordum). Adalar'dan ve Boğaziçi'nden mektuplar. Herkeste bir tavsiye illeti: Filân operatörün ihtisası. Doktor Mithat'ın faaliyeti, birçok operatörlere müracaatı.

Bizim sofa da galeyanda. Her gün dolup boşanıyor, sandalyalar mütemadiyen yer değiştiriyorlar.

Ben minderin üstünde arka üstü yatıyorum; etrafımın telâşını seyrederken kendimi unutuyorum. Hattâ bazı kendimi hepsinden fazla sakin buluyorum, fakat bu kalabalıklar dağılıp da felâketimle başbaşa kalınca; dehşet. Vücudumun büyük bir parçasını kaybetmek hayaline bir saniye katlanamıyorum, içime baygınlıklar geliyor, ellerimle hasta bacağı tutuyorum ve onun ölümünü kendi ölümümden daha dehşetli buluyorum.

Giyinip soyunurken, pansuman yapılırken, minderin üstünde uzanırken, dakikalarca, mahkûm uzvuma bakıyorum; her parçası, her hareketi, her yeni aldığı şekil bana birçok düşünceler veriyor, canlanıyor, ehemmiyet kazanıyor, şahsiyet sahibi oluyor ve öteki sağlam uzuvlar arasında idama mahkûm bir kardeş gibi, endişeli bir hareketsizlikle susuyor. Cellâdın bıçağına teslim olacak olduktan sonra senelerce bu işkenceyi niçin çekti? Niçin kan ağladı?

Onu testere altında tasavvur edemiyorum; keskin bir çeliğin kalın bir kemik üstünde yürüyüşü -hele çıkaracağı

---

1 **galeyan:** Kaynama, coşma.

ses- tüylerimi ürpertiyor. Fakat tahayyül[1] etmekten daima kaçtığım bu korkunç tasavvur, en ummadığım zamanlarda beynime musallat[2] oluyor. Evde bıçakla ekmek kesilmesine bakamıyorum.

Ameliyattan sonraki halimi düşünmek de ayrıca dehşet veriyor. Büyük bir uzvun boşluğunu hissetmeye nasıl dayanacağımı anlamıyorum, bir diş çektirdikten sonra bile yerinde ağızdan daha büyük bir boşluk kaldığı zannedildiği halde, ayrılan bir bacağın yerinde kalan uçurumun baş dönmesine nasıl alışılır?

Harp tebliğlerinde yaralı sayılarını okurken, hep kanlı maceraları benimkine benzeyen binlerce insanları düşünüyorum. Fakat bu beni hiç teselli etmiyor; hatta hasta uzvumun bir obüs[3] parçasiyle kopup gitmesini tercih ediyorum.

Nüzhet'in hayali bütün bu düşüncelerimden bir saniye ayrılmıyor; hep kendimi ameliyattan sonra ve Nüzhet'in karşısında görüyor, onun manzaram karşısındaki hislerini tahlil etmeye muvaffak olmadan başımı silkeliyor yahut yerimden kalkıyor, yahut inliyor, yahut birini çağırıyor ve bu hayalden kaçıyorum. Fakat o beni kovalıyor. Ruhumun en kalabalık anlarında bile, yığınları itip dürterek sivriliyor ve şuurumu kaplıyor, ter içinde kalkıyorum. Bazan bu işkence içinde bunaldığımı anlayan etrafımdaki insanların, bana haykıran bir merhametle baktıklarını görüyorum.

Feci karardan sonra bana bakan gözlerin hepsi ne kadar derinleşti. Bütün bu gözlerde ruhumun akislerini görüyorum, hepsi tâ içime bakıyorlar ve içimi aksettiren birer küçük ayna gibi esrarlı bir karanlık, parıltıyla kamaşıyor, oyuluyor, derinleşiyorlar.

---

[1] **tahayyül:** Hayal etme.

[2] **musallat:** Bir kimsenin veya herhangi bir şeyin üzerine rahatsızlık ve zarar verecek derecede düşen.

[3] **obüs:** Top mermisi.

Bazıları da var ki büyük mahkûmiyetimi zâviyelerine[1] sığdırmak için, hayretle kavsini[2] aşan kaşlar altında büyüyor, katılaşıyor, aptallaşıyor, kırpışmıyor, gözlerimi yakalayan yapışkan bir parıltıyla yüzüme bakakalıyorlar.

Bazıları benim gözlerime intibak ediyorlar; benim gözlerim kırpıldıkça, yumuldukça, büyüyüp küçüldükçe onlar da aynı hareketi yapıyorlar ve etraftaki sinirlerle adalelerin en ince kıvrılışlarına kadar hepsini taklit ediyorlar.

Nüzhet'in gözlerini merak ediyorum (fakat haber almasını istemiyorum) felâketlerimi bir kurutma kâğıdı gibi içeceğini tahayyül ettiğim bu gözlerin içine kimbilir ne kuvvetli bir tecessüsle bakacağım (fakat göz göze gelmeye katlanamam, bilmesini istemiyorum). Ve yaşardıklarını görmek! Bunu tahayyül ederken benim gözlerim yaşarıyor.

Çocukların Hastahanesinde

Tabiatın tehdidi.

Bu sefer demir parmaklıklı kapıdan bahçeye girerken, Dokuzuncu Hariciye Koğuşu'na doğru, ağaçların bile sıhhatine imrenerek yürürken, camlı kapıların garip bir beyazlıkla gözlerime vuran ve içimde korku ile karışık yuvarlanan parıltıları arasında o dehlize girerken, yalnız değilim.

Yanımda Mithat Bey ve arkadaşım var. Bu sefer polikliniğin önünde beklemiyorum, dosdoğru operatörün odasına giriyoruz.

Koltuğa uzandım. Operatör ameliyattan çıkıp gelecek. Son ümit. Bacağımın en son vaziyetini görmeyen bir o kalmıştı.

Fakat ümidim çok zayıf.

---

1 **zâviye:** Köşe, anlayış, görüş.

2 **kavs, kavis:** Yay, eğri.

Mithat Bey ve arkadaşım susuyorlar.

Ben yedi yıllık hastalık hayatımın birçok zamanlarını geçirdiğim ve havasında kendime ait birçok şey bulduğum bu odayı seyrediyorum. Kaç kere bu koltukta uzanıp dinlenmiştim.

İki sene evvel, küçük bir ameliyattan sonra, gene burada uzanmıştım, gene aynı yerde duran şu yazı masasında operatör, deftere bir şeyler yazıyor ve benimle şakalaşıyordu:

- Sen izci misin? Bu metaneti nereden öğrendin? Bak, bacağın iyi olsun, futbol oynayacaksın! Fakat oynamasan daha iyi. Hastalık tamamıyla geçse bile o bacağı yorma!

- Ben futbol sevmem.

- Ha... Sen roman okumayı seviyorsun. Fakat onu da okuma, heyecan senin için iyi değil. Sinirlerine dikkat et. El işleriyle meşgul ol.

O zaman bu tavsiyelerinden dolayı operatörü soğuk bulmuştum; mizacıma zıt ihtarlar yapan doktorlara kızıyordum bile: Hepsinde aynı kusuru buluyordum: Tedavilerinde hastanın psikolojisine yer vermemek.

Fakat keşke futbol oynasaymışım; belki de bacağımı Nüzhet'in aşkı kadar yormazdı.

Operatör içeri girdi.

Beni görür görmez durdu:

- Ne o? Bu ne hal?

Aynı suali yanımdakilere de sorar gibi etrafına bakındı, sonra bana doğru koştu:

- Ne oldu? Ne zayıflık böyle bu?

Bana vekâlet etmesi için Mithat Bey'e baktım.

O, her şeyi anlattı. Operatör arada bir yüzüme bakarak Mithat Bey'i dinliyordu. Hayret içinde:

- Kalk! dedi bana, içeri girelim, bakalım...

Kalkışıma ve yürüyüşüme de dikkat ediyordu.

Muayene odasında, röntgen camlarına, dizime yarım saat kadar baktı. Bir derin nefes bıraktı. Ellerini temizleyinceye kadar bir kelime söylemedi. Sonra karşımıza geldi. Kollarını kavuşturdu, omuzlarını tevekkülle öne doğru bırakırken, kaşlarını çatarak, dağılmak üzere olan kuvvetlerini topladı. Ümidin ve enerjinin bu medd-ü cezrinden[1] söyleyeceğini tahmine çalışıyordum.

Başını salladı ve Mithat Bey'e döndü:

- Azizim doktor! Verdikleri karar doğrudur. Dizi de, camları da görüyorsunuz. "Périoste"lar[2] harap. Mafsal harap. "Ostéopériostite", "Ostéite"[3] her şey var. Neresini kazıyalım? Bu ifrazattan korkulur. Baksana hasta ne hâle gelmiş... Sen bu mel'un[4] basili[5] bilirsin.

Operatör yüzüme baktı.

- Fakat, dedi, "Amputation"lar bence tababete dahil bir iş değildir, bunu kasaplar da yaparlar ve bir balta vuruşta bir uzvu uçururlar. Biz, biraz tentürdiyot süreriz ve biraz da kloroformla hastayı uyuturuz. Farkı budur. Doktorluk, bu bacağı ve bu gençliği kurtarmaktır. Kendisine sorun, bu hastahanede aylarca kalırsa, üç beş ameliyata dayanırsa kurtarmaya çalışırız, yoksa...

- Dayanırım! diye bağırdım.

- Mesele yoktur, dedi. Dokuzuncu Hariciye'de yarın bir odamız boşalıyor, gelsin.

Mithat Bey:

- Kendisine söyleyiniz! dedi. Bana şüphe ile bakıyordu.

Operatör, tehditkâr başını salladı.

- Bu sefer gelir o! Benim ihtarlarıma kulak asmaz ama bu sefer tababet değil, tabiat onu doğrudan doğruya tehdit ediyor. Hasta bu dili daha iyi anlar. Bir ay evvel sözümü dinleseydi başına bu felâket gelmeyecekti.

---

1 **medd-ü cezr:** İniş çıkış, yükseliş ve alçalış.

2 **périoste:** Kemik zarı.

3 **ostéite:** Kemik yangısı.

4 **mel'un:** Lanetlenmiş.

5 **basil:** Silindir veya çubuk biçimindeki bakteri.

Dokuzuncu Hariciye Koğuşu

Gidiniz, bir şey istemiyorum, gidiniz.

Koğuştaki odam; bir demir karyola, başında bir küçük demir masa. Yerde kırmızı muşambalar. Çırılçıplak mavi duvarlar. Üstümde bir entari ve bir robdöşambr;[1] kolları uzun geldiği için kendimi bu robdöşambr içerisinde de yadırgıyorum.

Hep gittiler. Yapayalnız. Çıt yok. Odaya şimdiye kadar hiç tanımadığım yabancı bir akşam giriyor. Gittikçe artan karanlık, iki parça eşyayı da benden uzaklaştırıyor ve beni daha yalnız bırakıyor.

Odadan gündüz ışığıyla beraber bana ait her şey çekiliyor: Evime ait hatıralar, kalabalıklar, sevdiklerimin sesleri, birçok şekiller, hayatımın parçaları, Erenköy, köşk, tren, vapur, fakülte, doktorlar, hastabakıcılar, hayatın gürültüleri, şehir, gündüzün sesleri her şey uzaklaşıyor. İçimde bir boşluk. Garip ve büyük bir his, derinliklerime doğru kaçıyor, gizleniyor. Ruhum karartılarla, sessiz ve şekilsiz gölgelerle, eşya arkasına saklanan hayaletler gibi kendilerini göstermeden korkutan meçhul varlıklarla dolu.

Kapım kapalı. Açmak istemiyorum. Açarsam hastahanenin benim için hazırladığı felâketlerin hepsi birden içeri girecek sanıyorum.

---

[1] **robdöşambr:** Ev içinde pijama üstüne giyilen üstlük.

Karanlık bastı. Elektrik düğmesini çevirdim. Gayet zayıf bir ışık. Ancak odanın büyük çizgilerini görebiliyorum. Teferruat sarı bir belirsizlik içinde bulanıyor.

Kapıma vuruldu.

- Giriniz!

Işıklı dehlizin soluk çerçevesi önünde bir kadın. Bembeyaz bir gömleğin üstünde esmer bir baş. Siyah kaşlar, yuvarlak ve kabarık, akları parlayan, oyuklarına mıhlı, sabit, katı gözler:

- Yemeğiniz şimdi gelecek.

Çekildi. Yemek. Tiksinti.

Biraz sonra yemeğim geldi. Yaklaşıp bakmadım bile.

Zaman yürümüyor, dakikalar korkunç bir sıkıntı içinde uzuyorlar, hattâ dağılıyor, birikmiyor, toplanmıyor ve bir çeyrek saat olamıyorlar.

Aylar -kim bilir ne ıstıraplı aylar- geçireceğim yatağıma büyük bir korku içinde bakıyorum. Yorgana elimi süremiyorum, yalnız kenarına ilişip, geçici bir zaman içinmiş gibi oturuyorum. Bütün yataktan garip bir koku, hastahane kokularının terkibine dahil bir unsurun kokusu yükseliyor. Galiba buhar.

Derhal büyük mesafeleri, çayırları, dağ başlarını özlüyorum: Nasıl olursa olsun bir hareket, bir şey istiyorum.

Hafızam kapalı.

Bazı hiçbir şey hatırlayamıyorum. Hattâ, kulaklarım bile tıkandı. Göğsümde müthiş bir tazyik var.

Bağırmak arzuları gelip gidiyor.

Yudum yudum su içiyorum.

Kapı tekrar açıldı.

Aynı kadın.

Tepsiyi almak için yaklaşınca, yüzüme, beni hiç anlamayan, varlığımı inkâr eden gözlerle baktı.

Niçin yemediğimi soruyor. İhtimal benim garabetim karşısında değişen gayr-i beşerî[1] bir ses, çatlak ve topraklı bir ses. Hiçbir şey izah etmeyen garip bir cevap mırıldanıyorum.

Çıkıyor.

Dehlizde fısıltılar.

Yumuşak muşambalarda terlikli ayak sürtünüşleri.

Uzak koğuşlardan ince haykırışlar geliyor. Türkü mü? Istıraplı bir çığlık mı?

İçimde her an artan bir hayretle gözlerimin irileştiğini hissediyorum. Sanki her saniye etrafımda tabiatüstü bir âlem doğuyor.

Geceyi bu odada geçireceğime inanmıyorum.

Beni burada zaptedecek kuvvetle mücadele ihtirasına gebeyim. Ruhumda büyük bir hazırlığın kımıldanmaları başlıyor.

Duvarda bir elektrik zili düğmesi gördüm, bir hareket yapmak iştiyakıyla düğmeye bastım.

Aynı kadın geldi.

Eşikte duruyor ve emri bekliyor.

Yüzüne bakıyorum ve hiçbir şey söyleyemiyorum.

Duruyor: Gözlerinin akları parlayarak, hiç kımıldanmadan.

Ağzı açıldı ve gözleri büyüdü.

Hortlak!

- Gidiniz, bir şey istemiyorum, gidiniz!

---

1 **gayr-i beşerî:** İnsanlığa yakışmayan.

Duvarlar

Galip duvarlar uzaklaşıyorlar.

Yüksek, çıplak, mavi, dümdüz, dimdik duvarlar.

Gözümün hiçbir görüş köşesi yok ki içine bir duvar parçası girmesin. Hep ve yalnız onları görüyorum. Onlardan kaçan gözlerim onlarla karşılaşıyor.

Bakıldıkça uzuyorlar, yükseliyorlar; sertleşiyor ve korkak, yumuşak bakışlarıma kaskatı çarpıyorlar, gözlerimi ezecekler. Başım döndü.

Deniz gibi yayılıyor ve beni çeviriyorlar. Serinliklerini hissediyorum. Denizde, çıplak vücudumu saran dalgaların birdenbire taş kesilmeleri gibi, duvarları giyiyorum.

Hiç kımıldamıyorlar.

Bütün bu hastahanenin sessiz, hareketsiz, soğuk, bomboş anlarını onlar doğuruyorlar.

Gözlerimi, onlardan kaçırmak için, yastığa da kapatamıyorum. Arkama uzanacaklarını, üstüme abanacaklarını sanıyorum.

Ve onlara mütemadiyen bakıyorum. İçime serin mavilikler doluyor, ruhlarını iyice gizleyen korkunç ve tehditkâr mahlûklar. Şuurları varmış gibi duruyorlar ve her an büyük bir felâket yapmaya hazırlandıkları halde, avlarının korkusuyla eğlenmek için maksatlarının icrasını tehir ediyormuş gibi duruyorlar, Allah gibi, kuvvetini göstermeden kuvvetli duruyorlar.

Onlarla mücadele ederek vakit geçiriyorum, fakat onlar donmuş avuçlarıyla zamanı da yakalıyorlar, durduruyorlar ve hayatımın serbest akışına mâni oluyorlar.

Kanım soğuyor. Kireçleniyorum.

Birçok defa elektrik ziline basmak istediğim halde kımıldanamıyorum.

Biraz yürürsem, onların bana doğru geldiklerini görerek geri çekiliyorum.

Nihayet düğmeye bastım.

Çarpıntı ile bekliyorum.

Gözlerim kapının topuzunda.

Gelmiyorlar.

Tekrar düğmeye bastım. Gene bekliyorum.

Gelmiyorlar.

Göğsümde müthiş bir baskı. Boylu boyunca bir duvarın altına uzanıp kalmışım gibi hava alamıyorum, kollarımdan ve bacaklarımdan hayat çekiliyor.

Yatağa arka üstü uzanıyorum.

O vakit bir çığlık duyuyorum. Keskin, uzun, acı bir haykırış. Hayretle doğruluyorum. Kim bağırdı?

Etrafımda bir kalabalık, bütün hastahane adamları.

Oh... Fakat ben rahatlıyorum, ben de öyle bağırmak istiyorum, ancak birdenbire etrafımda her şey sönüyor, galip duvarlar uzaklaşıyorlar. Başımı siyah bir boşluk kaplıyor.

- Gözlerini açtı...

Diyorlar.

- Şurasını da oğun.

Diyorlar.

- Ağlasın, ağlasın, açılır.

Diyorlar.

Kim ağlıyor? Bilmiyorum. Hıçkırıklar duyuyorum. Ve daima içimde bir rahatlama.

Kulaklarımı onlara uzatıyorum.

- Nüzhet kim?

Diyorlar.

- Sayıklıyor!

Diyorlar.

Kollarımı onlara uzatıyorum, bir şey söylemediğimi sanıyorum.

- Hah! Doktor geldi!

Diyorlar.

Tanımadığım bir adam yaklaşıyor, etrafımdakiler kaçışıyorlar, adam elimi eline alıyor. Etrafımdakilere, uğultusundan başka bir şey duymadığım bir şeyler soruyor: Birçok ağızlar oynuyor. Tek tük kelimeler işitiyorum: "Bağırdı... Bulduk... Nüzhet."

Doktor kat'î işaretlerle bir şeyler söylüyor, bir ikisi dışarı çıkıyorlar. Doktor yatağa, yanı başıma oturuyor.

Saçlarımı okşuyor, okşuyor:

- Hah! Aferin, ağla, ağla! diyor.

Nüzhet Kim?

Kardeşin mi?

- Hayır, hayır... Korkuyorum.
- Sebep yok, yavrum, bak hastahane adam dolu. Yalnız bu pavyonda on bir insan, yüzlerce çocuk var.
- Bilmiyorum, fenayım.
- Fena şeyler düşünüyorsun.
- Korkuyorum.
- Niçin? Burada her şey var. Zil bile. Korkarsan bas, gelirler. Her taraf kapalı.
- Her taraf kapalı. Korkuyorum.
- Kapalı olduğu için mi?
- Bilmiyorum... Bu duvarlar...
- Ey?
- Of!
- Bir şey mi düşünüyorsun, birini mi düşünüyorsun?

- Hayır, bilmiyorum.

- Nüzhet'i mi görmek istiyorsun? Nüzhet kim? Kardeşin mi?

- Nüzhet kim? Kardeşim mi? Bilmiyorum.

- Nüzhet kim?

- Bilmiyorum.

- Biliyorsun, biliyorsun, haydi, söyle bana, Nüzhet kim? Bayıldığın zaman onu sayıklamışsın.

- Beni buradan çıkarınız!

- Haydi, söyle yavrum, söyle... Rahatlayacaksın.

- Ben bu gece burada kalamam.

- Söyle, çıkarırım.

- Şimdi.

- Şimdi. Fakat söyle.

- Of... Ben çocuk değilim.

- Biliyorum ki çocuk değilsin.

- Dizim ağrıyor.

- Geçer. Demin biz pansuman yaptık. Yere düşerken çarpmışsın, kanatmışsın.

- Yere düşerken mi? Kim?

- Hiç. Dizin çok mu ağrıyor?

- Dizim şimdi ağrımıyor, başım ağrıyor.

- Başın mı?

- Bilmem... Bir yerim çok ağrıyor ama. Başım mı, dizim mi?

- Düşün bakalım.

- Başım dönüyor, gözlerim kararıyor.

- Zararı yok, ben buradayım, korkma... Hah... Ağla. Açılırsın... Al bunu kokla... Başını yastığa koy... Hah... Aferin... Şimdi uyursun. Kapa gözlerini... Hah... Ben yanındayım, korkma, hiç yalnız kalmayacaksın, uyu!

İlk Sabah

Koğuş uyanıyor.

Sabah, odama bir kadın girdi, pencereyi açtı. Kırmızı muşamba üstünde üç köşeli bir güneş parçası.

Kapı açık. Sessizce faaliyet. Beyazlı kadınlar, ellerinde sırıklara takılmış bezlerle muşambaları siliyorlar.

Odama giren kadın dün geceki değil. Kısa boylu, başörtüyle yanaklarının yarısına ve kaşlarına kadar başını kapamış. Yüzünü görmüyorum. Hep yere bakıyor, gözlerini bir kere bile bana çevirmedi. Yerinden kaldırdığı masa onun gözünde benden daha mühim. Dikkatle işini yapıyor. Odamı sildi. Sonra başını kaldırarak bir şey isteyip istemediğimi sordu, çıktı.

Gece uyuduktan sonra ilk defa sabahleyin uyandım. Başımda hafif ağrı. Etrafımda en küçük harekete büyük bir dikkatle bakıyorum ve her şey bana çok yeni ve garip görünüyor. Hele koku. Hastahane hayatı dışarıdan yalnız bir koku ile ayrılıyor. Bu koku hastahanenin ruhudur.

Dehlizde insanlar çoğalıyor. Hademeler geçiyorlar. Odama bakanlar pek az, onlarınki de tesadüfî bir baş çeviriş; itiyadın[1] verdiği körlükle işlerine ait şeylerden başka gözleri hiçbir şey görmüyor. Ağır ağır yürüyüp gidiyorlar.

Dehlizden ilk defa bir hasta çocuğun geçtiğini gördüm. Başı benim odanın tarafına doğru eğilmiş, boynu, omuzları yukarı kalkık, yürümeyi unutmuş gibi gayri tabiî adımlar atarak ve arada bir hafifçe sıçrayıp elini boynuna götürerek yürüyor.

---

[1] **itiyad:** Alışkanlık.

Dehlizde kalın, hâkim bir ses yükseldi, bir insan ismi çağırdı, bir kadın ve bir erkek koştular. İlk yüksek ses ve ilk gürültü.

Dört beş kadın erkekten mürekkep bir kafile geçti.

İçimde meraklar birikiyor. Her hareketin, her küçük hâdisenin sebebini öğrenmek, benimle alâkasının derecesini bilmek istiyorum.

Bu adamlar niçin geçtiler? O çocuk nereye gidiyordu? Bu kapı niçin kapandı? Ne kapısıdır? Bu hasta arabası nereye götürülüyor? Kimin için?

Odama iki erkek ve bir kadın girdi.

Hiçbirini tanımıyorum. Erkekler çok ciddî. Benim odada bulunuşumla alâkaları yokmuş gibi yatağıma yaklaştılar. Erkeğin biri kadına sordu:

- Kontrol kâğıtları değişti mi? Dün gece derecesi alındı mı? Bu, bağıran hasta değil mi?

Bana yaklaştı ve yüzüme bakmadan koltuğumun altına derece koydu. Öteki adam Fransızca şunları söyledi: "İkinci ameliyatta belki bacağı kesilecekmiş. Sinirleri çok zayıf, vücut da tehlikeli. Operatör ciğerde bir âfetten korkuyor."

Dereceyi koyan adam, Fransızca şu cevabı verdi: "Hep böyle tehlikeli hastalar gönderiyorlar. Burası morga döndü. Sonra da tahsisatı kesiyorlar."

Sert bir tavırla dereceme baktı ve başucumdaki kâğıda işaret etti.

Sonra bana döndü.

- Sana üçten yemek yazıyorum. (Sonra öğrendim ki, bu, hastahanenin bir tâbiri imiş.) Çok ye! Bak zayıfsın. Anladın mı?

O kadar kaba, işinden bıkmış, sinirli bir soruşu vardı ki, nefretimi sesimin perdesiyle hissettirerek "Peki!" dedim.

Gene kâğıtlara bir şeyler yazıldı, çıkıp gittiler.

Birdenbire kendimi o kadar yalnız buldum ki, oda kapısında herhangi bir tanıdık yüz görüneydi, sevinçten haykıracak, yataktan atlayacak, boynuna sarılacak ve beni buradan alıp götürmesi için yalvaracaktım.

Koridorda kalabalık gittikçe artıyordu. Birkaç hasta çocuk geçti. Bitişik salonlarda hastaların mırıltıları başlıyordu.

Hastahanenin sessizliği kadar gürültüsü de beni korkutuyordu. Dışardaki bütün faaliyetin beni incitmek için hazırlık olduğu şüphesinden kendimi kurtaramıyordum. Odanın önünde her ayak sesi yaklaştıkça, bana fena bir haber vereceklermiş gibi, korkudan büzülüyordum.

Çığlıklar Saati

Bağırmamayı öğreten mektep.

Pansumanlar başladı.

Kapının önünden, hastabakıcı kadının kucağında, yedi sekiz yaşlarında bir çocuk geçirdiler.

Koridor tenhalaştı, sesler kesildi, koğuşun bütün ruhu sindi ve bütün zekâsı bir tek ıstırabın üstüne eğiliyor.

Keskin bir çığlık, koridorun havasında büyük bir uçurum açarak tâ diplere kadar gitti. Sonra ses kesildi. Mırıltılar, hafif bir çığlıkla karışan uzun bir inilti.

Geraldim ve yatağın içinde sivrildim. Bir avucumla şilteyi sıkıyorum.

Kolu sarılı bir çocuk daha geçiyor. Ses yok. Bekliyorum. Korkudan elimi yüreğime bastım.

Kapımda bir adam.

Bana:

- Hazırlan! dedi, bundan sonra sıra sende.

Ne sırası? Bilmiyorum. Ameliyat mı? Pansuman mı? Ne yapacaklar?

Bir çığlık daha koptu ve kulağımın deliğinden giren bir yıldırım gibi, vücudumu korku ile yakarak dağıttı. Birdenbire gevşeyerek çöküvermişim.

Hastabakıcılar odama girdiler.

- Haydi, gelin, dediler.

Titreyerek bacağımı yataktan uzattım: Terliklerimi görüyor, fakat sağlam ayağımı bile içine sokamıyor, şaşkınlıktan kaçırıyor, bir türlü giyemiyordum.

Kadınlardan biri:

- O kadar korkma, o kadar korkma... Pansuman bu! Her gün yapılacak... Alış! diyordu. Kollarıma girdiler.

Pansuman odasına girince operatörü görerek biraz ferahlıyordum; fakat, işinin ciddiyeti arasında benimle eski hastalar arasındaki farkı o kadar unuttu ki, âşinalık bile etmeden, yalnız tımarcıya emir verdi:

- Masaya yatsın!

Masaya yatırdılar. Dizimi süratle çözüyorlardı. Operatör başucuma geldi. Yaraya bakarak benimle konuşuyordu:

- Sen dün gece neler yapmışsın? Hastahane birbirine girmiş. Burada yalnız sen misin? Altı yaşındaki çocuklar var. Fakat hastalık sinirlerini çok yormuş olacak. Bakalım?... Hımmm... Buradaki ârıza yere düşmekten... Fena zedelenmiş... Peki, peki, dur... Korkma! Az mı? Peki... Ha! Dur, dur... Hımm... Pekâlâ...

Yanındakilere emir verdi:

- Pansuman.

Bana döndü:

- Yarın ilk ameliyatı yapacağız. Ondan sonra netice belli olur. Bugünlük bu kadar.

Sonra iki küçük sille ile yanağımı okşadı:

- Haydi... Korkma o kadar... Buradan bağırmamayı öğrendikten sonra çıkacaksın!

Ameliyat

Aslından daha korkunç gölge.

Öğleden sonra annem, Mithat Bey, arkadaşım geldiler. Bana uzatılan ellere, bir uçurumun dibinde imişim gibi sarıldım. Bir tek cevabı saatlerce sürebilecek sualler soruyorlardı; hiçbirine cevap veremiyordum. Yüzlerce kelimeyi teksif[1] edebilecek bir baş hareketi, bir bakış, bir teneffüs arayarak susuyordum.

Onlar, hastahaneye dışarıdaki hayatın karıştığı saatlerde gelmişlerdi; bu odanın gecesini sabahını tanımıyorlardı. Duvarlarda gölgelerin kımıldadığı, döşemelerin dinç seslerle öttüğü ve dehlizlerin canlı şekillerle kaynaştığı bu hayat ve hareket saatindeki hastahane bambaşkadır. Bu dekor, benim bir gece evvelki halimi anlamak isteyenlere hiçbir şey söylemez.

Onun için ben de söylemiyorum: "İlk gece biraz yadırgadım," diyorum. Hâdiseleri bilmiyorlar.

Akşama kadar oturdular. Sıhhatte olmak neş'esini gizleyemiyorlar. Yalnız annemin arada bir gözleri dalıyor.

Bizden uzaklaşmadıkça bize görünmeyen sıhhat, itiyadın verdiği hissizlikle, sağlamların şuurundan kaçıp nasıl ve nereye saklanıyor? Onu ben görüyorum, çünkü benden uzak; onu ben Mithat Bey'in kırmızı yüzünde, çelikli damarlarında, arkadaşımın otururken rahat gerilişlerinde, bacaklarını uzatışlarında, korkusuz bakan gözlerinde görüyorum.

Akşama kadar oturup gittiler. Gazetelere biraz göz atarak yattım ve uyumaya çok çalıştım.

---

1 **teksif:** Toplama, yoğunlaştırma.

Muvaffak olduğumu sabah olmadan evvel uyandığım vakit anlamıştım. Bir daha uyuyamadım.

Gayet mühim bir günü şuurla karşılamak istiyorum. Bugün ameliyat olacağım.

Hep titreyerek nefes alıyor ve su içiyorum. Ameliyat dakikasında korkmaktan korkuyorum.

Korkunun bu en derinleşen nev'i dayanılacak şey değil; ıstırabın vukuundan evvel ruhta bir gölgesinden ibaret olan korku, ıstıraptan bin kat daha müthiş. Muhayyilenin ışığına yaklaştıkça ruhta uzanan, büyüyen ve aslından daha korkunç bir gölge.

Sabahın ışıkları odadan içeri doldukça bütün cesaretim boşalıyor; her ses, kapı açılıp kapanmaları, tek-tük çağırışlar, mırıltılar, varlığımın en hayatî köklerine işleyen bir tesirle beni kendilerine bağlıyor, çekiyor, sarsıyorlar.

Gene bir sabah evvelki ziyaretler. Koğuşun uyanışı. Temizlik. Odama giren kadın. Dehlize küçük hastaların sürüklenişleri. Gene seslerin, gürültülerin, hareketlerin çoğalışı.

Gene kapımda bir adam. (Bu sefer daha erken göründü.)

- Hazırlanınız, ilk ameliyat sizinki.

Sarardığımı hissediyorum.

Müthiş ağırlığı altında ruhumu deviren korkudan kurtulmak için, felâketin üstüne yürümek istiyorum. Istıraptan korkmamanın tek ilâcı ıstıraptır. Bu ateşi o ateş söndürür.

Hastabakıcılar girdiler. Bir şey söylemelerine meydan bırakmadan yataktan indim, terliklerimi kolayca giydim, fakat artık yelkenli bir gemi gibi kendimi talihin rüzgârına bırakmıştım, akıp gidiyordum, odamdan ameliyathaneye nasıl geçtiğimi bilmedim.

*

* *

Bembeyaz oda. Hamam gibi sıcak. Sessiz. Kaynayan suların ince fısıltıları. Kımıldayan ve kımıldamayan beyazlıklar arasında kamaşan gözler eşyanın çizgilerini seçemiyorlar.

Bütün salonu çökertecek ağır bir sessizlik. Hayatın nasıl bir şey olduğunu unutturan bambaşka bir âlem. Bir rüya odası.

Uyuşturucu koku, belki de kloroform. Herkeste, geçireceğim tecrübenin ehemmiyetini hissettiren bir vazifeperverlik.[1] Operatörün küçük işaretiyle büyük işler yapılıyor.

Masaya uzatıldım. Etrafımda beyazlıklar dalgalanıyor. Hiçbir seçkin şekil göremiyorum.

Gözümün üstüne pamuk geliyor.

Yüzümü maske ile örttüler.

- Derin nefes al!

Nefes borularım yandı ve şakaklarım gerilir gibi oldu. Çabuk uyumak, kaybolmak istiyorum. Kuvvetli nefes aldım.

Sesler, sıcak buğular arasında halvetlere[2] doğru uzaklaşarak eriyorlar.

Kendimi son defa olarak bir an bulup kaçırıyorum.

Notlar

Büyük bir hastalık geçirmeyenler, her şeyi anladıklarını iddia edemezler.

"Bugün dördüncü pansuman. Operatör:

"- İyidir, dedi.

---

[1] **vazifeperverlik:** Görevini sevmek.

[2] **halvet:** Kapalı veya ıssız bir yerde yalnız kalma.

"Can sıkıntısı.

"Altı saat uykuya ayrılırsa her gün on sekiz saat boş.

"Görülecek, işitilecek, tadılacak, okunacak, yazılacak, yapılacak o kadar çok şey birikiyor ki, bundan sonra hayatımın bütün bunlara yetişmeyeceğinden korkuyorum.

"Kendi kendime karşı çok borçlandım. Kendime vadettiğim şeyleri yapamazsam utancımdan aynaya bakamayacağım.

"Dört duvar arasında.

"Kendimi, kitapların kahramanlarından daha mühim bulduğum için, okumaktan sıkılıyorum. Istırabımın hodgâmlığı[1] mâni oluyor.

"Odamı düzeltiyorum, masamı topluyorum. Tekrar bozuyor, tekrar topluyorum. Bu iş de bitiyor. Ne yapacağım? Hiç. Nereye bakacağım? Hiç. Ne dinleyeceğim? Hiç. Gözlerim, kulaklarım. Mafsallarım, renge, sese, harekete çok acıktılar.

"Bitişik koğuşta hastalar türkü söylüyorlar. Pansuman odasında haykırışlar.

*
* *

"Yedinci pansuman. Operatör:

"- Bacağın kurtuldu. Fakat yere basmayacaksın! dedi.

"Nüzhet'ten kart geldi. Ziyaret edemediği için af istiyor. Hastalar affetmesini bilirler ama...

"Bugün sonbahar. Beni bahçede soğuk bir rüzgâr karşıladı.

"Evvelki gün...

"Dünyanın bütün tavanlarına lânet olsun. Arka üstü yatmaktan usandım.

---

[1] **hodgâmlık:** Bencillik, kendini beğenmişlik, egoistlik.

"Nüzhet'in babasına nüzül[1] inmiş. Beni sayıklıyormuş. Nüzhet'in Ragıp Bey'le nikâhı daha olmamış.

"Hastahaneye alıştım.

"Istırabın derinlerine indikçe sevincimizi kaybetmek korkusu kalmadığı için, yeni bir sevinç başlıyor: Istırabın ilâcı ıstıraptır. İkisinin hâsıl-ı zarbı:[2] Sevinç.

*
* *

"Üç güne kadar hastahaneden çıkacağım. Yaralar kapanınca dizim alçıya konacak. Bir daha mafsal oynamayacak, bacağım kısalacak.

"Bu perşembe Nüzhet'le Ragıp Bey'in nikâhları olacak.

*
* *

"Yarın hastahaneden çıkacağım...

"Dışarda yaşamaktan korkuyorum.

"Burada ıstıraba ve tevekküle o kadar alıştım ki, onları bırakırsam ruhumun bir parçası kesilmiş gibi boşluk duyacağım; bırakmazsam isyansız nasıl yaşayacağım?

"Kalanların bana karşı gıptalarına biraz merhamet de karışıyor. Nadir insanların bildikleri ince bir saadeti kendilerine hasrediyorlar. Hasta olmayanların bilmedikleri bu saadeti, ilerde, hiç olmazsa hatırlayabilsem.

"Zaviye-i kaime halinde iltisak-ı mafsal.

"Bir gün hastahanelerde okunmak için bir roman yazsam ve bu notlarımı içine karıştırsam...

"Büyük bir hastalık geçirmeyenler, her şeyi anladıklarını iddia edemezler.

---

1 **nüzül:** İnme, felç.

2 **hâsıl-ı zarb:** Çarpım sonucu, neticesi.

"İki hasta kadar birbirine yakın hiç kimse yoktur.

"Hasta olmayanlar bizi ne kadar az anlayacaklar!

"Paşa'dan haber: "Hastahaneden çıkar çıkmaz bana gelsin, ölümüm yakın, kendisini bir kere göreyim," demiş.

5 – Teşrinievvel [1]*- 1915:*

Dokuzuncu Hariciye Koğuşu

"Beş dakika sonra hastahaneden çıkıyorum. Son not. Bu odada başkaları inleyecekler. Onları şimdiden gayet iyi tanıyorum. Üstümden çıkarıp yatağa attığım robdöşambr içinde, ebediyen aynı insan bulunacak: Hasta.

"Annem, Mithat Bey ve arkadaşım içeri girdiler:

"- Haydi..."

-SON-

[1] **teşrinievvel:** Ekim ayı.